지금,
이대로가
좋아요

지금, 이대로가 좋아요

초판 1쇄 발행 2009년 4월 13일

글쓴이 전윤호 · 부지영 **펴낸이** 양소연 **펴낸곳** 함께읽는책
기획 및 책임편집 함소연 **표지 및 본문 디자인** 박선희 **일러스트** 이진선 **마케팅** 이광택

주소 서울시 구로구 구로3동 코오롱디지털타워빌란트 1차 703호
대표전화 02-2103-2480 **팩스** 02-2103-2488 **홈페이지** www.cobook.co.kr
ISBN 978-89-90369-76-5 03810

함께읽는책은 도서출판 나눔의집의 임프린트입니다.

지금, 이대로가 좋아요

전윤호 ★ 부지영

함께읽는책

세상 사람들 모두 한때는 연인이었다.

우리는 살아가면서 사랑하지도 않는 사람에게 사랑을 말한다. 지나간 사랑을 그리워하는 사람들의 마음속에는 사랑하는 상대에 대한 아쉬움보다는 그 사람을 사랑하던 당시의 자신을 그리워하는 마음이 자리하고 있는 건지도 모른다.

사랑의 기억은 이기적인 것이다. 자신에게 좋은 것만을 기억하고 불리한 나머지는 잊어버린다. 이 글의 원작(시나리오)을 읽고 다시 소설로 쓰면서 사랑과 기억에 대한 생각을 많이 하게 되었다. 어느 한 부분이 상실된 채 제주도 바닷가에서 자란 어린 소녀의 감성이 나와 다르지 않다는 것이 무척 슬프기도 했다. 사람들은 가족에게 많은 부분을 기대고 또 기대하며 산다. 내가 해야 할 몫보다 더 많은 것을 요구 받기도 하고 내가 할 수 없는 것들에 대해 요구하기도 한다.

사람은 나이를 먹으며 괴물이 되어간다. 그러면서 끊임없이 과거의 상실된 사랑을 그리워한다. 그러한 상실은 가족일 수도, 첫사랑일 수도 있다. 나는 평생 첫사랑의 고통 때문에 괴로워하는 시인을 안다. 그는 사십이 넘은 지금도 잃어버린 첫사랑에 대한 시를 쓴다. 그러면서 현재의 자신을 부스러뜨린다. 그렇게 하면 그는 상실된 사랑을 찾을 수 있다고 믿는 걸까? 하지만 가끔 나는 그가 부럽다.

2009. 3.
전윤호

contents

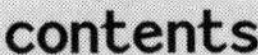

소설가의 말 · · · 4

scene1. 서울, 명은 · · · 9

scene2. 제주, 명주 · · · 13

scene3. 섬 · · · 16

scene4. 어느 해, 제주 · · · 18

scene5. 장례식 · · · 25

scene6. 그녀, 현아 · · · 28

scene7. 남은 자들을 위한 무덤 · · · 31

scene8. 초록색 원피스 · · · 36

scene9. 유품 · · · 41

scene10. 생선가게 · · · 46

scene11. K관광호텔 사무실 · · · 49

scene12. 외삼촌 집 · · · 52

scene13. 그, 현식 · · · 54

scene14. 현아 수선 · · · 58

scene15. 사생아 · · · 61

scene16. 카우보이 · · · 63

scene17. 찔레꽃 · · · 68

scene18. 탈출 · · · 71

scene19. 분홍색 편지 봉투 · · · 76

scene20. 여행 · · · 78

scene21. 여객선 · · · 84

scene22. 목포항 · · · 91

scene23. 모텔 · · · 97

scene24. 지방도 · · · 103

scene25. 사고 · · · 110

scene26. 사진 · · · 123

scene27. 승아 · · · 128

scene28. 현아 이모 · · · 130

scene29. 자매 · · · 137

scene30. 기다림 · · · 140

scene31. 동물원 · · · 143

scene32. 1985년 여름 · · · 147

scene33. 회전목마 · · · 150

scene34. 자장면 · · · 152

scene35. 사생아II · · · 154

scene36. 현아 · · · 160

scene37. 섬II · · · 162

scene38. 1985년 늦여름 · · · 165

시나리오를 쓴 감독의 말 · · · 168

scene1. 서울, 명은

살아 있다는 것은 소리를 내는 일이다. 살아 있는 모든 것들은 소리를 낸다. 눈에 보이지 않아도 소리를 내서 자신의 존재를 알리는 것들이 있다. 그것들은 내가 지금 여기에 살아 있으니 기억해달라고 소리 지른다. 지금 잊히면 영원이 죽기라도 하는 것처럼.

회사에 가기 위해 일어나야 하는 이른 아침이면 명은은 도심에 자리 잡은 자신의 오피스텔까지 울려오는 도시의 소리를 듣는다. 이 도시는 자체로 하나의 살아 있는 생물이다. 어떨 때 들으면 비 오는 소리 같고, 어떨 때 들으면

먼 곳에서 누군가 지르는 비명 소리 같다. 적어도 그녀가 어린 시절을 보낸 제주도의 축축한 파도소리가 아니다.

간밤에 무슨 꿈을 꾸었는지 모르겠으나 베개가 땀으로 젖은 걸 보면 좋은 꿈은 아니었다. 명은은 자신이 지금 이곳에 있는 것이 다행스러웠다. 적어도 자신은 자기가 만드는 삶을, 남에게 흠잡히지 않는 삶을 살고 있다고 생각했다.

세수를 하고 이를 닦고 스타킹을 신으면서 명은은 오늘 하루가 바쁠 거라 예상했다. 이제 가을이 되었으니 진행하는 광고의 컨셉을 모두 바꿔야 하는데 디자이너와 준비한 시안이 어쩐지 썩 마음에 들지 않는다. 하지만 마음에 드는 것이 없다고 안 할 수는 없는 노릇이다. 기다리지 않아도 계절은 오고 사람들은 또 익숙한 것들이 지겹다고 느낄 것이다. 사계절이 없는 나라의 사람들도 이렇게 컨셉을 자주 바꿀까? 명은은 아침 대신 원두커피를 내리면서 툴툴거렸다.

　　마치 누군가에게 자기가 열심히 일한다는 것을 보여주
지 않으면 안 되는 것처럼 사무실 안은 부산스러웠다. 이
곳에서도 다들 살아 있다는 증거로 열심히 소리를 낸다.
서로의 말소리, 전화 소리, 컴퓨터 자판 두드리는 소리가
섞여서 사무실도 나름의 소리를 꾸며낸다.

　　명은은 이제 이곳에서 인정받는 중견사원이다. 아니, 그
녀의 부서에서 창조적인 일은 그녀가 도맡아 한다. 모두들
능력을 인정받는 명문대 출신이지만 이제 점점 죽은 산호
처럼 얼굴만 두꺼워져서 아랫사람을 감독하고
견제하는 것이 일의 전부이다.

과장도 그렇다. 이제 부장으로 승진하지 못하면 옷을 벗어야 하는 저 중년의 사내는 아래를 들들 볶아야 제가 산다고 생각한다. 오늘도 출근하자마자 기한 내에 기안서를 올리라는 채근을 들었다. 부장의 모니터에는 오늘의 주식 장세가 떠 있다. 하지만 명은은 그런 과장이 좋다. 그가 원하는 일만 해주면 되는 것이다. 그러면 다른 모든 사람들과 자유롭게 일할 수 있다. 어차피 위에서는 결과만 본다. 명은은 누군가에게 간섭받지 않는 지금이 좋다. 기안은 기한 내에 올라갈 것이고, 또 한 해가 가고, 이제 20대와는 종말을 고하게 될 것이다.

서른, 서른이라…… 그녀에게 서른이란 나이는 무언가로부터 홀가분해진다는 느낌이다. 스물아홉보다는 서른이 더 어른 같고 자유롭다. 어차피 결혼 따윈 생각해본 적도 없었다. 종일 일하고 밤에 잠깐 쉬고 다시 종일 일하는 지금의 생활도 그렇게 나쁘진 않다. 적어도 다른 사람의 잘못 때문에 상처받지 않아도 되니까. 하지만 그날 전화가 왔다. 제주도에서.

제주, 명주

명주는 생선을 자르는 일이 좋다. 고등어의 속을 비우고 힘을 주어 탁탁 내려치면 고등어는 토막이 난다. 뭐든 이렇게 간단명료하면 얼마나 좋을까. 인생도 검은 비닐에 생선을 담아주고 돈을 받고 '안녕히 가세요' 하고 소리 한 번 지르면 만사 오케이. 뭐든 눈에 보이는 대로 살고 눈에 보이는 대로 움직이면 되는 세상이라면 얼마나 좋을까. 하지만 언제나 세상은 그렇게 만만하지가 않다. 새벽같이 일어나 장화를 신고 작업복을 입고 그날의 생선을 받아 시장에서 장사를 하지만 그녀에게 세상은 속을 보여주지 않는다.

저게 언제 어디서 잡은 물고기인지 한눈에 알 수 있는 생
선처럼 빤하지가 않은 것이다.

오늘도 딸년은 앓는 표정으로 학교에 가고, 차마 애가 들
을까 꾹 참고 있다가 모퉁이를 돌아간 것을 확인한 뒤에야
"쟤 왜 저래"하고 신경질을 부리다가, "놔둬라. 저 때는 저
도 고민이 많을 때다"하는 이모의 말을 들은 후에야 명주
는 주섬주섬 집을 나섰다. 엄마의 병실에서 밤을 지새우고
일찍 들어온 이모는 식구들의 밥을 챙기고 나면 또 병실로
갈 것이다.

명주는 커피 믹스를 휘휘 저어서 만든 달착지근한 커피
를 마셨다. 바쁜 시간이 지나고 잠깐 짬이 나자 학교에 가
봐야 하는 게 아닌가 하는 생각이 들었다. 그러고 보니 딸
애 학교를 간 게 언제였는지 가물가물할 지경이다. 너무
순하고 착한 아이라 걱정할 건 없지만 그래도 어미라고,
아비도 없이 아이를 키우는데 학교에 한 번 가보긴 해야
할 것 같았다.

"뭐 누군 아비 밑에서 컸나?"

며칠 전 이모가 학교에 한 번 가 봐라 말을 했을 때 생선
대가리를 치듯 내뱉은 명주의 말이었지만 아이가 제 아비

문제로 다른 아이들하고 사이가 안 좋다는 말을 들었을 때
는 종일 몸에 힘이 빠지지 않아서 그날 저녁 파스를 붙여
야 할 정도로 온몸이 욱신거렸다. 하지만 시간을 내는 일
이 쉽지 않다. 생선들은 그날 받으면 최대한 빨리 팔아야
한다. 조금만 시간이 지나면 눈깔부터 맛이 가기 시작하는
것이다. 그것은 그녀의 수입이 맛이 가고 있다는 표시이기
도 했다. 아무리 소금으로 재우고 얼음으로 옷을 해 입혀
도 생선은 변한다. 조금만 눈이 있는 사람이면 알 수 있다.
생기를 앗아가는 시간과의 싸움이 생선가게의 숙명인 것
이다. 내일은 오후에 다른 사람에게 가게 좀 봐 달라고 부
탁하고 학교에 가 봐야지 생각하는데 이모에게서 전화가
왔다. 끔찍했다.

scene3. 섬

'그래, 거기 아직 있었구나.'

명은은 창밖으로 보이는 제주도의 모습에 자신이 다시 과거로 돌아가고 있다는 생각이 들었다. 바다 위에 지워지지 않는 과거처럼 섬은 건재했다. 자신이 태어나고 자란 곳이건만 명은은 이곳을 좋아하지 않았다. 하지만 이제 다섯 여자가 살던 해변의 집으로 돌아가야 한다. 상복으로 검은 정장을 입고 평생 남편도 없이 두 자매를 키우느라 고생하다 저 세상으로 간 엄마를 위해 아버지가 다른 언니와 정체불명의 이모와 함께 울어야 한다.

비행기가 고도를 낮추고 착륙할 준비를 했다. 명은의 마
음이 기수처럼 무거웠다. 섬이 그녀가 탄 비행기를 받아들
였다.

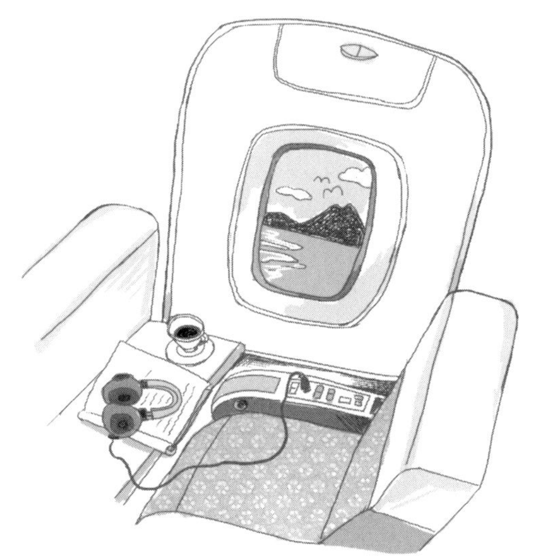

scene4. 어느 해, 제주

가을 파도가 스산한 해질녘이었다. 그해 가을은 태풍이 많아 해변은 어수선했다. 큰일을 앞두고도 뭔가 준비가 덜 된 사람들처럼 마을의 작은 집들도 창문 하나씩은 비어 보였다. 해변의 마을이란 것이 그렇듯 가족들 중에서 돌아오지 않는 사람들이 한 둘 씩은 있어서 늘 고즈넉해 보이곤 했다. 제주도는 다른 곳보다 더 했다. 단순히 사고 때문이 아니라 섬에서 벗어나고 싶어하는 사람들이 있었기 때문이다.

아직 어린 소녀에게도 이런 분위기는 늘 무겁게 느껴졌

다. 무언가 비어 있다는 느낌, 있어야 할 누군가 없다는 느
낌은 어린아이에게는 받아들이기 어려운 감정이었다.

　안경을 쓰고 사람을 똑바로 쳐다보는 눈길이 초롱초롱
한 명은은 덩치는 작지만 열 살이다. 공부는 누구에게도
지지 않았지만 학교에서 돌아오는 길은 언제나 혼자다. 같
은 동네 또래들이 없는 건 아니었지만 조숙한 명은은 그
아이들과 섞이고 싶지 않다. 아이들도 잘난척하는 새침떼
기 명은을 끼워주지 않는다. 물론 아이들은 명은의 가족에
게 없는 한 부분에 대해 악의적인 말로 명은의 기를 죽이
려 들고, 그 결말은 언제나 싸움이다. 그것도 항상 몇 대 일
의 싸움.
　무거운 가방을 메고 집으로 돌아오는 아이의 배경은 붉
은 노을이다. 파도가 밀려갔다 밀려오는 바다는 파도가 칠
때마다 조금씩 다른 색깔을 보여 준다. 붉은색, 주황색, 노
란색, 초록색, 푸른색, 보라색…… 보는 위치에 따라 달라
지는 모습이 마치 '네가 알고 있는 바다는 바다가 아니야'

라고 말하는 것 같다.

명은이 사는 네 여자의 집은 야자수 나무가 서 있는 동네 어귀의 작은 집이다. 거실 벽에 붙은 가족사진 속에는 집주인 혜숙과 이모로 불리는 현아, 그리고 혜숙의 두 딸인 명주, 명은이 있다. 네 사람은 한 가족이라 하기엔 조금 어색한 표정으로 카메라를 보고 있다. 그들 서로가 닮지 않은 듯 하면서도 또 어딘가 닮은 듯한 묘한 모습이 인상적이다. 하지만 그들은 엄연히 한 가족이다. 벽에는 이를 증명이라도 하려는 듯 작은 사진들이 닥지닥지 붙어 있다. 아이들이 어린 시절 해수욕장에서 찍은 사진, 폭포 사진, 혜숙과 현아의 사진, 명은의 초등학교 입학 사진…….

마흔 살의 과부 혜숙이 저녁을 준비하고 있다. 일찍 남편을 보낸 뒤 시장에서 장사를 하며 지낸 탓에 찌개 간을 보는 동작이 털털하고 섬세하지 못하다. 혜숙보다 어린 현아 이모가 거실과 부엌을 오가며 감 놔라 배 놔라 참견을 한다. 집에서 옷을 수선하고 만드는 일을 하기 때문에 집안일이나 아이들 챙기는 일은 자연스럽게 현아의 몫이 되었다. 그런 그녀가 안돼보여서 혜숙은 당번제로 돌아가며 식사 준비를 하자 했고, 오늘이 혜숙의 차례였다. 하지만 현아는 수저를 챙기는 명은을 도와주면서 미덥지 못한 듯 계속 잔소리다.

"그게 그렇게 몸에 좋다고 말을 해도 소용이 없네. 등 푸른 고등어. 내가 저녁 당번일 때 고등어 빠진 적 있었어?"

"없지. 그러니까 질렸지!"

명은이 냅다 소리를 지른다. 현아는 그런 명은이 귀엽기만 하다.

"명은! 넌 맛을 몰라. 혀끝의 느낌만 가지고 음식에 대해 이러쿵저러쿵 얘기하는 게 아니야. 음식은……."

하지만 명은은 듣기 싫다는 듯 수저를 가지고 거실로 나가버린다. 그 쌀쌀한 태도에 잠시 목이 멘 현아는 그래도 혜숙이 가스레인지의 불을 끄고 찌개를 나르려하자 팔을 잡아 말린다.

"아니, 아니. 그래도 간은 내가 봐야지."

얼른 찌개의 간을 본 현아는 부하직원의 솜씨를 못미더워 하는 주방장처럼 말한다.

"좀 짜다."

결국 혜숙은 보이는 아무 그릇이나 들어서 물을 받아 찌개에 대충 끼얹는다.

"내가 늘 말하잖아. 혀라는 게 근육인데, 우리 몸의 다른 근육들처럼 기억력이 있는 거야. 익숙한 건 편한 거거든. 어머니가 끓여주신 김치찌개는 언제 먹어도 편안하잖아. 혀는 그런 걸 원한다고. 물론 새로운 맛에 대한 욕구도 있지……."

혜숙은 그녀의 잔소리에 지쳤다는 듯 반찬을 꺼내 소리 내어 쟁반 위에 놓는다.

"그럼 저녁 당번 네가 쭉 할래?"

현아의 입이 쏙 들어간다. 열일곱이라고 사춘기에 들어선 명주가 종일 제 방에 틀어박혀 있다가 밥 먹으라는 채근에 부엌 뒷문으로 들어와 물을 따라 마신다. 혜숙이 반찬 쟁반을 식탁으로 가져가자 열 살 난 명은이 반찬 그릇을 정리하며 상 차리는 걸 도와주지 않는 명주를 못마땅한 눈으로 쳐다본다.

"옥탑 방에 있었구나."

현아가 명주에게 말을 붙여본다.

"한참 불렀잖아."

혜숙은 현아처럼 말투가 부드럽지 못하다. 현아는 얼른 그 말의 여운을 지우기라도 하듯 말을 이어간다.

“명주야, 이 좋은 시절에 웬 쪽방이야. 남자친구 없어?”

“언닌 남자친구 없을 걸.”

명은이 종알거리자 현아가 찌개를 탁자 위에 놓으며 묻는다.

“왜에?”

“못생겼잖아.”

일곱 살 어린 동생의 말을 명주는 웃음으로 넘긴다.

“그래, 너 잘났다.”

현아는 명주의 그런 넉넉함이 좋다.

“명은! 성격이 좋아야지, 얼굴 예쁜 게 대수야?”

하지만 명은도 지지 않는다.

“그럼! 우리 반에서는 얼굴 예쁜 애가 짱이야. 공부까지 잘하면 캡짱이지. 그게 바로, 나야.”

“그래, 너 잘났다고!”

명주가 짜증난 목소리로 명은을 쏘아주자 결국 혜숙이 개입한다.

“그만해.”

현아는 이런 여자들의 말다툼이 재미있다.

“명은! 그게 바로 공주암이란 건데, 시한부 인생 살지 말고 이모한테 인생 치료 받아."

"싫어. 언니나 해 줘."

"그만들 하고 밥이나 먹어."

쥐어박는 듯한 혜숙의 말에 네 식구는 각자의 밥그릇에 코를 박는다.

어쩜 죽는 날까지도 저런 표정인지…….

현아는 혜숙의 뚱한 표정이 못마땅했다. 검은 리본을 두른 사진에서조차 그녀는 삶의 긴장을 풀지 못하고 있었다. 남편 없이 두 아이를 키운 삶의 무게가 딱딱한 표정 위에 얹혀 있었다. 이제 평생을 지겹도록 지내온 시장과 생선으로부터 해방됐으니 웃고 살기를 기도했다. 화장터 관망실 선반 위에 쉰다섯 생애를 마감하는 무뚝뚝한 표정의 혜숙이 그녀의 마음을 아는지 모르는지 무심하게 놓여 있다.

여기저기서 울음이 터져 나왔다. 실제로 그럴 일은 없겠지만 시신이 타는 매캐하고 불편한 냄새가 온 방 안에 자욱한 것 같았다. 가족들은 모두 화장을 원했다. 묘지를 쓸 돈이 없어서도 아니고 딸만 둘이어서 돌봐줄 사람이 없어서도 아니었다. 혜숙에겐 이 세상과의 인연을 이렇게 마감하는 것이 좋을 것이라고 모두 동의한 것이다. 모두들 신산스러웠던 그녀의 삶이 불과 함께 사라지기를 바랐다. 하지만 관이 소각로로 들어가자 냉정한 척 분위기를 잡던 사람들이 하나 둘 무너지기 시작했다. 충격이 채 가시지 않은 멍한 얼굴로 울고 있는 명주, 명주 옆에서 소매로 눈물을 훔치는 손녀 승아, 입으로 손을 가리고 눈물을 애써 참고 있는 명은, 위로하는 삼촌과 은실……. 현아는 고인의 영정을 끌어안고 소리 없이 눈물만 흘렸다.

그렇게 장례는 치러졌다. 대기자 번호가 켜지기를 기다리며 전광판 앞에서 제각각 슬픔의 포즈를 취하고 널브러져 있다가 재를 인수하고 이제 납골당으로 떠날 것이다. 현아는 평생 사랑했던 사람이 이렇게 떠나는 것이 낯설었다. 유산처럼 남겨진 식구들을 챙겨야 할 일도 너무 두려웠다. 다 이해한다는 듯 그녀를 볼 때마다 고개를 끄덕이는 명주와 애써 눈을 마주치지 않으려고 노력하면서 슬픈 표정을 감추는 명은의 모습이 가슴에 박혔다.

납골당에 뼛가루를 담은 함을 모시는 것으로 장례는 끝났다. 이제 슬픔은 남은 자들의 몫이었다. 저마다 탈진해서는 넓지도 않은 집의 구석에 숨어 숨죽여 슬픔을 곱씹고 있었다. 아니, 앞으로 어떻게 살아가야 하는지 생각하고 있었다. 그 와중에도 명주는 장례의 뒷감당을 하느라 분주했다. 손님들을 보내고 가족들의 상황을 살폈다. 열세 살 먹은 딸 승아에게 죽을 쑨 그릇을 들려 현아에게 보내는 것도 맏딸다웠다.

침대에 앉아 울고 있다가 방으로 들어온 승아를 보자 현아는 아비 없이 어미 밑에서 자라느라 말수가 적어진 그 아이가 꼭 어린 시절의 명은 같다는 생각이 들었다. 하지만 쌀쌀맞은 명은이 예쁘고 공부도 잘한 반면 이 아이는 뭔가 주눅이 든 채 사는 것처럼 늘 한두 가지가 부족해 보였다. 그저 착하고 온순한 것이 안쓰러울 정도였다. 제 어미인 명주도 이러지 않았는데. 뭐든 제가 먼저 나서야 직성이 풀리고 사람을 만나거나 일을 하는 데 거리낌이 없는 명주였다. 어쩌면 저 아이는 그런 어미가 못마땅하다는 것을 타고난 성격으로 응수하고 있는 건지도 모른다는 생각이 들었다.

"이모할머니, 죽 드세요."

"고마워. 놔두고 가. 나중에 먹을게."

어미도 답답할 것이다. 혜숙이 떠난 이 집에서 이제 바깥 세상과 상대하는 일은 온전히 명주의 몫이 됐다. 현아는 사람들 앞에 나서기를 싫어하는 자신 때문에 짐이 많아질 명주에게 벌써부터 미안했다.

"엄마가 이모할머니 드시는 거 보고 오라고 했어."

승아는 기어코 침대에 앉아 죽그릇에서 죽을 한술 떠 현아의 입에 갖다 댔다. 현아가 애써 미소 지으며 죽을 받아

먹었다.

"고마워. 우리 아가."

"이모할머니, 이러고 있으면 하늘에서 할머니가 많이 속
상해 할 거야."

그래 그렇겠지. 그 정 많고 속 깊은 사람이 슬퍼하겠지.
현아는 죽을 흘리지 않으려고 숟가락을 꽉 물었다.

남은 자들을 위한 무덤

명은은 이제 더 이상 엄마가 이 세상 사람이 아니라는 사실이 믿겨지지는 않았지만, 벽에 기대어 앉아 엄마가 없는 삶에 대해 생각했다. 이제 내 앞가림이나 하며 살면 되지. 그동안도 그랬다. 이 답답한 현실이 싫어서 지독스럽게 공부해 육지로 떠나지 않았던가. 장학금을 받지 않았더라도 가족들은 무슨 짓을 해서라도 학비를 대줬겠지만 그랬으면 명은은 아마 섬을 떠난다고 말하지 못했을 것이다. 하지만 그녀는 스스로의 힘으로 악착같이 노력해서 명문대를 나오고 좋은 회사에 취직했다. 이제는 제주 사람이기보다는 서울에 사는 똑똑한 커리어우먼이었다. 말투 어디에도 사투리는 묻어 나오지 않고 '고향이 어디세요?' 하고 묻는 질문에는 웃음으로 적당히 지나가는 요령도 터득했다. 이상하게도 명은에게 고향은 멀게만 느껴졌다. 공부는 잘하지만 쌀쌀맞았던 그녀를 친구들이 따돌렸기 때문이었을까. 아니면 여자들만 산다고 손가락질하는 동네사람들에게 질려서일까. 이제 다시 회사로 돌아가면 아마도 다시 내려올 일은 없을 것이다. 어쩌면 엄마의 제사 때도 안 올지 모르겠다는 생각이 들었다.

조카인 승아는 널찍하게 깔려 있는 요 위에 뒹굴뒹굴 누워있다. 열세 살이면 한참 예민할 때였다. 하지만 저 아이는 어딘지 모르게 그늘이 져 있다. 아비 없이 커서 그렇다지만 누군 아닌가. 명은은 어쩌면 아버지의 부재가 이곳에서 자신을 끈 떨어진 연처럼 만든 원인일지 모른다는 생각을 했다.

명주의 손에 이끌린 현아가 방으로 들어왔다. 밖에서 잠시 실랑이를 하는 소리가 들릴 때부터 이미 짐작하던 터였다. 한 사람의 부재로 인한 허전함을 모두 모여 한 방에서 밤을 보내는 것으로 위로받고 싶은 것이다. 그것은 언니나 이모나 어쩌면 명은도 마찬가지일 터였다.

"나, 괜찮은데……."

언제나 조심스러운 현아의 말은 쌀쌀맞은 명은에 대한 변명처럼 들렸다. 하지만 명주는 막무가내였다.

"내가 같이 자고 싶어서 그래. 얼른 누워요."

"엄마! 나 이모할머니 옆에서 잘래."

현아가 쭈뼛거리며 베개가 있는 자리에 앉자 승아가 얼른 말했다.

"그래."

명주는 그런 딸이 고마웠다. 승아는 명주와 자리를 바꾸며 쫑알거렸다.

"만날 같이 잤으면 좋겠다."

현아는 여전히 명은의 눈치가 보였다.

"명은이 아직 여독도 안 풀렸을 텐데…… 잠자리 불편해서 어떡하니."

명은은 사람들이 모두 자신의 눈치를 보는 것 같아 불편해졌다.

"됐어요."

명은은 명주 옆자리에서 좀 떨어져 뒤돌아 누웠다

"오늘 하룬데 뭐…… 이모나 좀 푹 주무세요."

현아가 눕자 명주가 '얼른 자' 하며 이모의 어깨를 토닥였다. 그러고는 승아의 볼에 뽀뽀를 해주고 일어나 불을 끄고 자리에 누웠다. 명은은 불 꺼진 방에서 나란히 누운 네 사람이 한 무덤에 합장된 시신들 같다는 생각을 했다. 아니, 엄마까지 다섯 사람.

scene8. **초록색 원피스**

아침이면 풍경 소리가 들린다. 절간은 아니지만 마당 오른쪽에 현아가 사는 바깥채가 있고 바깥채 처마에 걸려 있는 풍경이 바람을 따라 흔들린다. 현아는 그렇지 않아도 승려처럼 살았다. 아직 늙었다고 말할 수 없는 시절부터 남자에게는 관심을 두지 않았고 바깥출입조차 거의 하지 않았다. 그저 일 때문에 어쩔 수 없이 밖에 나가더라도 최대한 빠른 시간 내에 일을 마치고 돌아오곤 했다.

철대문 밖에는 '현아 수선'이라는 간판이 걸려 있다. 이 작은 가게 한 칸이 현아가 가진 것의 전부였다. 바깥채의 창문을 통해 보이는 현아의 집은 수선가게로 꾸며진 원룸이다. 패션 감각과 손재주가 남달라서 환경만 잘 타고 났으면 앙드레 김 못지않은 디자이너가 됐을 거라는 평판이 자자했던 현아는 그러나 평생 이곳을 떠나지 않고 자잘했던 일들을 하며 지냈다. 창문 근처에 놓인 새장 속의 십자매처럼 그녀도 그렇게 살았다.

아침 해가 따사롭게 비치는 거실에서 그녀는 가족과 함께 유품 상자를 정리하고 있었다. 거실에 놓여 있는 조립된 종이상자 서 너 개. 그중 하나에서 나일론 스타킹들이 쏟아졌다.

"언닌 뭘 버릴 줄을 몰라. 올 나간 스타킹이 한 보따리네. 태울 건 거기 그 상자에 넣어 줘, 명주야."

현아가 혀를 찼다. 옷가지, 책, 잡동사니들이 널려 있는 마루. 모두들 느릿느릿한 행동으로 혜숙의 물건들을 들었다 놓았다, 만지작거리다 내려놓다를 반복하고 있었다. 현아는 부지런히 혜숙의 방에서 옷가지들을 가지고 나와 나름의 방식대로 분류하며 상자에 넣는 일을 했다.

"우리 가본 곳 많네."

명주는 오래된 사진들이 신기했다.

“언니가 부지런했잖아. 무슨 날이면 너희들 데리고 어디든 갔으니까……”

명은은 혜숙의 가계부들을 보다가 연도가 지워지고 ‘1995년-’ 이라고 적힌 가계부 노트에 시선이 갔다. 가계부인 것 같기도 하고, 일기장인 것 같기도 하고. 가만히 속을 들춰보니 군데군데 사진들과 말린 억새 등이 눈에 들어왔다.

“세상에! 이게 아직도 있었네.”

현아가 옷가지를 분류하다 초록색 원피스를 발견하고는 목소리가 높아졌다.

“언제 적 건데?”

명주가 물었다.

“명은이 낳기도 전에 입었던 거.”

제 이름이 들리자 명은이 고개를 들어 현아를 봤다. 무표정한 시선. 현아는 그런 명은의

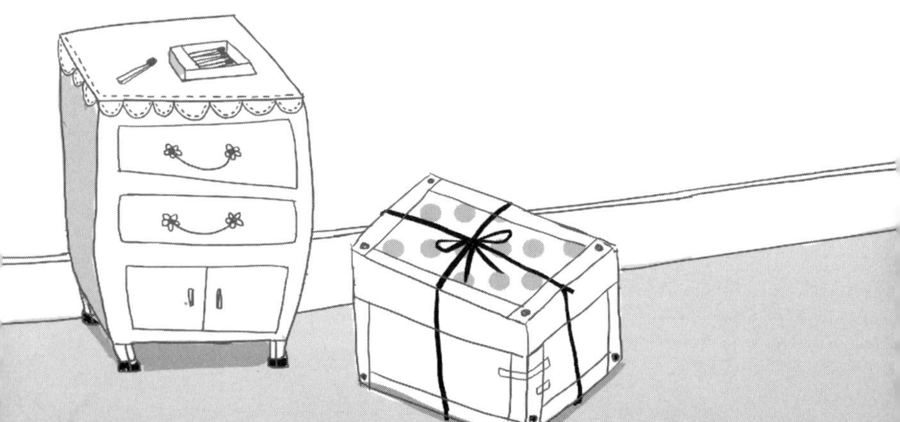

시선이 서운하기만 했다. '망할 년, 내가 남이야' 하고 쏘아주고도 싶었다. 하지만 그럴 수 없는 일이다. 그건 아주 오래 전부터 할 수 없는 일이었다. 대신 현아는 초록색 원피스를 한참 만지작거리다 한편에 따로 챙겨두었다.

"그런 식으로 스리슬쩍?"

명주가 그 모습을 보고 현아를 놀렸다.

"왜? 나도 언니 유품 하나 가질래. 명은아, 뭐가 있니?"

건너편에서 노트들을 앞에 놓고 여전히 멍하니 앉아 있는 명은을 보고 현아가 물었다. 이상하게도 현아는 명은의 일거수일투족에 신경이 쓰였다.

"아뇨."

말은 그렇게 하지만 명은도 현아처럼 읽고 있던 노트를 한편에 따로 챙겨두었다.

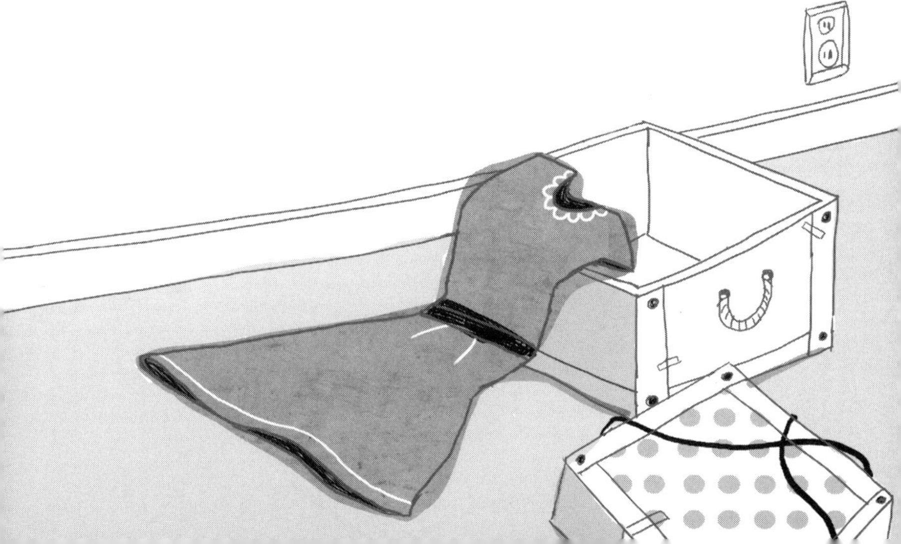

명은을 슬쩍 보는 명주의 눈빛이 흔들렸다. 명주는 그저 이번 장례가 아무 일 없이 끝나고 다시 각자의 생활로 돌아갔으면 하는 생각뿐이었다.

　　장례 절차는 남은 자들을 위한 것이다. 죽은 자는 이미 영원한 안식으로 혹은 망각으로 사라져 버리고 남은 자들이 모여 앞으로 살아갈 일들에 대해 뒷마무리를 하는 것이다. 그러므로 복잡하고 번거로운 장례 절차는 끊임없이 살아 있는 자들을 괴롭히며 정 떼기를 요구한다.

　　어둠이 내리기 시작한 바닷가의 후미진 구석, 모래 구덩이 안에서 혜숙의 유품이 타고 있었다. 현아가 불쏘시개로 잘 타게 뒤적이고 승아도 나무막대기를 들고 현아를 흉내 내고 있었다.

　　명은은 팔짱을 낀 채 유품이 타는 것을 보면서 생각에 잠겨 있고 명주는 조금 떨어진 바위틈에서 뭔가를 잡고 있었다. 아니 뭔가를 잡는 척 하고 있었다. 움켜쥔 손에서 모래가 흘러내리듯이 자꾸만 자꾸만 뭔가가 새어나가는 것 같았다. 엄마에게는 오래 전부터 불치의 병이 선고됐었기 때문에 마음의 준비가 없었던 것도 아니었다. 하지만 단순히 엄마 한 사람의 부재가 아닌 좀 더 많은, 좀 더 힘든 무언가의 상실이 이어지고 있는 것 같았다. 그것이 오랜 시간 어정쩡하게 마치 지금 불타고 있는 고인의 유품과는 아무 상관도 없는 것처럼 혹은 애써 슬프지 않은 것처럼 감정을 숨기려 하고 있었다.

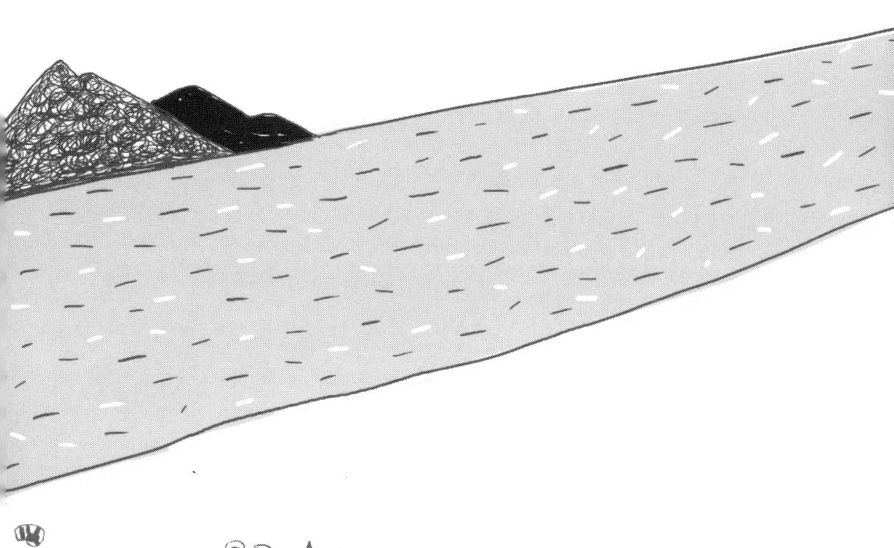

"승아야! 엄마 뭐 잡았 '게'?"

명주가 바위틈에서 잡은 게를 흔들며

승아에게 소리쳤다.

“뭔데?”

“‘게’ 잡았‘게’.”

승아가 신이 나서 나무 막대기를 버리고 명주 곁으로 달려갔다. 호들갑을 떠는 두 사람을 보니 명은은 헛웃음이 나왔다. 저럴 땐 모녀가 똑 닮았다.

“저기, 엄마…… 유언 같은 거 없으셨어요?”

현아 곁으로 한 발짝 다가간 명은이 조심스럽게 입을 열었다.

“없었어…… 그렇게 갑자기 가 버릴 줄 누가 알았겠니. 내 탓이 커. 심장약 계속 먹었어야 했는데…….”

또 눈물바람이다. 명은은 또 다시 새어나오는 현아의 눈물이 싫어 고개를 돌렸다.

“명주랑 이틀 정도 어디 좀 다녀오려고 하는데, 그동안 승아 좀 봐 주세요.”

“어디?”

하지만 명은은 더 이상 말이 없었다. 그것이 명은의 의사소통 방법이었다. 어릴 때부터 봤으니 그 뜻을 모를 리도 없는 현아였지만 역시나 서운한 마음이 드는 건 어쩔 수가 없었다.

“그래, 그래, 다녀와.”

말린다고 들을 명은이 아니었다. 현아는 명은의 얼굴에 붉은 기운이 어른거리는 것을 보았다. 저 아이가 이제 그만 행복해졌으면 좋겠다고 현아는 마음속으로 기도했다.

생선가게

혜숙과 명주의 생선가게는 정식 해수욕장이라고 보기는 힘든 바닷가 옆 커다란 가건물로 지어진 시장 안에 있었다. 그나마도 노점상을 하던 혜숙이 피땀 흘려 모은 돈으로 장만한 점포였다. 큰 씀씀이도 없고 현아도 제 일을 해서 보탰기 때문에 네 식구가 살기에 어렵지 않았다.

시장 안에서도 명주는 시원시원한 목소리와 동작으로 손님들에게 인기가 높았다. 사실 그녀는 누구에게나 호감을 주는 타입이었다. 곰살맞게 먼저 다가오는 그녀를 싫어할 사람은 없었다. 생선을 팔고 있을지언정 파란색 아이섀

도의 진한 눈 화장과 현란한 빛깔의 티셔츠를 걸친 히피적인 차림새를 고수하는 그녀의 모습은 무채색의 시장 안에서 단연 독보적이었다.

싱싱한 고등어 한 마리를 골라 쓱쓱 비늘을 잘라내고 토막을 내 검정 비닐봉지에 담고 휘휘 소금을 쳐 손님에게 건넨 명주가 한숨 돌리려는 듯 가게 안 의자에 앉았다. 요 며칠 잠을 제대로 못 잔 명주의 시선이 멍하게 허공을 헤맸다. 옆 가게에서 생선을 팔고 있는 은실이 종이컵 두개를 들고 명주에게 다가와 말없이 종이컵 하나를 명주의 코 앞에 내밀었다. 명주 역시 말없이 고무장갑을 벗고 종이컵을 받아들었다.

"이 기회에 좀 쉬지. 뭐 볼 거 있다고 나왔어."

"엄마가 가게 나가래. 꿈에서."

"이모도 참. 끝까지 소신 있으시네. 공로패 줘야 되는 거 아냐? 시장 차원에서."

"……."

"위로주라도 한잔 할까? 끝나고?"

"일찍 들어가 봐야 돼."

"꿈속에서 또 계시 받았나?"

"명은이 아직 서울 안 갔어."

"웬일이래? 그 바쁜 양반이."

"노는 것도 아니고 이왕 온 김에 할 일이 있나 봐."

명주는 그렇게 말하면서도 왠지 불안한 마음이 들었다. 원래 성질대로라면 장례 절차가 끝난 뒤 서울로 돌아가야 할 동생이었다. 누가 잡는다 해도 잡을 수도 없는 그 냉정한 얼굴로 '나 갈래.' 한마디면 떠나는 동생이었다. 그런데 지금은 그렇지가 않다. 뭔가 할 말이 남은 듯 했다. 명주는 그게 싫었다. 지금은 온전히 엄마의 죽음에만, 그 슬픔에만 전념하고 싶었다.

 K 관광호텔 사무실

매니저란 사람은 처음엔 명은을 경계했다. 하지만 가족을 찾는다는 말을 하자 순순히 협조해 주었다. 아버지를 찾겠다는데 특별히 막을 이유가 없었다. 매니저는 전 직원의 근무 기록이 있는 서류들을 뒤지다가 수납장 위 파일함에서 두꺼운 서류 파일 하나를 꺼냈다. 먼지가 수북이 쌓여 있던 서류 파일을 내리자마자 명은이 재채기를 해댔다. 재채기를 하면서 명은은 지금 자기가 하고 있는 일이 꼭 사서 재채기를 만드는 짓과 같을지도 모른다는 생각을 했다.

40대 후반쯤으로 보이는 제복을 벗은 와이셔츠 차림의

매니저가 서류 파일을 책상 위에 올려놓았다. 서류 파일 앞에는 'K 관광호텔 직원 신상명세서 1980년-1985년' 이 라는 라벨이 붙어 있었다.

"얼른 보세요. 시간이 맞아서 보여드리는 거예요."

매니저가 주스가 묻은 자신의 와이셔츠를 만지작거리며 뒤쪽의 탈의실로 사라졌다. 명은은 먼지 앉은 파일의 표지 를 손끝으로 넘긴 후 1984년도의 자료가 있는 페이지로 넘 어갔다.

거기 있었다. '박현식' 이라는 이름, 인적사항…… 그러 나 증명사진이 붙어 있을 자리에 사진이 없었다. 명은은 혹 감춰지기라도 한 듯 사진이 있었던 자리를 손으로 만졌 다. 최소한 얼굴은 볼 수 있을 거라는 기대가 무너졌다. 아 니, 얼굴을 보지 않는 게 더 나을 수도 있다. 명은은 무슨 죄라도 지은 사람처럼 빠르게 주위를 한 번 둘러보고는 가 방에서 분홍색 편지봉투를 꺼내 주소를 대조해 보았다. 맞 다. 이 사람. 그때 매니저가 와이셔츠 소매의 단추를 잠그 며 탈의실에서 나왔다.

"사진이 없네요."

"그러네. 이게 왜 뜯어졌지? 이 사람이에요?"

“네.”

“박현식…… 응? 나랑 입사 동기네. 아, 얘. 근무태만으로 잘린 후에 일본으로 갔다는 소문이 있었지. 아마…….”

명은은 더 이상 듣고 싶지 않았다. 황급히 인사를 하고 그곳을 빠져나와 집으로 돌아오는 내내 쓸데없는 짓을 했다는 생각이 그녀를 괴롭혔다. 박현식이라는 작자, 사고뭉치에 망나니였는지도 몰랐다.

언제나처럼 외삼촌네 집 입구에는 문 대신 예쁘게 다듬어진 나무들이 보기 좋게 자라고 있었고, 우리 이렇게 행복하게 산다, 광고라도 하듯 오밀조밀한 정원이 사람들을 맞았다. 이제 은퇴한 뒤의 여유로운 삶을 즐기고 있는 삼촌은 제법 능숙한 솜씨로 전정가위를 들고 나무들을 다듬고 있었고, 명은은 조금 떨어져서 나무의 시든 잎을 손으로 떼어내고 있었다.

"경행 일본으로 간다고?"

"아니, 한국으로 다시 왔어. 3년 후에. 전주에서 편지를 보냈어.”

“무사 이제 왕.”

“엄마 돌아가신 것도 알려야지.”

“모르는 게 약이야.”

“엄마 소식이 궁금하진 않아도 나에 대해선 궁금해 해야
되는 거 아냐?”

“뭘 억지로 허잰 허지 말라. 찾는 댄 뭐가 달라지나?”

“난 안 달라지지만 그 인간은 달라지게 해 줄 거야.”

“명은아.”

“갈게요.”

나무들이 벽처럼 둘러쳐 있는 작은 골목을 빠져나오면
서 명은은 흔들리는 마음을 다잡기 위해 심약한
삼촌을 이용한 게 아닌가
하는 기분이 들었다.

이럴 줄 알았다. 계속 불길한 느낌이 떠나지 않더니 드디어 명은의 입을 통해서 그 실체가 드러나 버렸다. 명은이 마당으로 불러낼 때부터 명주는 이미 체념하고 있었다. 간이 의자에 앉아서 명주는 그저 기가 막힐 따름이었다.

"뭐?"

"박현식 씨 찾으러 간다고."

명은이 주머니에서 분홍색 편지 봉투 꺼내어 명주에게 내밀었다.

"너 혼자?"

“아니, 너랑.”

명주는 다 커서도 꼬박꼬박 반말을 해대는 동생이 막막했다.

“안 돼!”

“네 아빠 아니라고 그러는 거야?”

나쁜 기지배. 말하는 본새하곤.

“아니, 그게 아니라…… 아무튼 안 돼! 엄마 발인한 지 얼마 되지도 않았고…… 가려면 나도 가게 문 닫아야 되고, 승아는 또 이모한테 맡겨야 되는데…….”

“승아 맡기는 건 내가 이모한테 부탁했어. 넌 무조건 가야 돼. 그 인간 얼굴 아는 사람이니까.”

명주는 어이가 없었다. 친아버지한테 그 인간이라니.

“20년이 넘었는데 옛날 모습 그대로일 리도 없고…… 그리고 여길 찾아 간다고 해도 지금까지 여기 살겠냐?”

“그럼 동사무소 가서 알아보면 돼.”

명은은 쌩 하는 찬바람을 일으키며 안채로 들어가고 황당한 얼굴의 명주만 의자 한구석에 덩그러니 남았다. 머릿속 명주는 ‘언젠가 이럴 줄 알았다, 언젠가 이런 일이 벌어질 줄 알았어’ 라고, 전혀 새롭거나 이상할 것 없다고 말하고 있었다. 다들 쉬쉬하며 살아왔지만 명은이가 제 아빠를 찾아 나설 것임을 가족 모두 알고 있었다. 원래 뭐든지 똑 부러지는 성격의 명은이었으니까.

답답한 마음에 피워 문 담배는 연기와 함께 한숨을 뿜어 냈다. 담배를 물고 한참을 그 자리에서 고민하던 명주가 옥탑방으로 올라갔다. 스위치를 올리자 '딸깍' 소리를 내 며 환한 공간이 모습을 드러냈다. 부유하는 먼지들……기다란 전깃줄 아래 달려 있는 어두침침한 백열등이 좁은 방 안을 비췄다. 방 안에는 책들, 잡동사니들, 어렸을 때 갖고 놀던 장난감, 인형들이 제멋대로 쌓여 있고, 벽에는 작은 창이 나 있다.

명주는 익숙한 몸놀림으로 선반 위의 상자를 바닥에 내려놓고 뚜껑을 열었다. 상자 안에는 어린 시절의 잡동사니들이 가득했다. 명주는 또 한참을 멍하니 상자 안을 들여다보다가 오래된 오르골을 꺼내들었다. 오르골의 뚜껑을 열자 둔탁하고 축축 늘어지는 듯한 멜로디가 흘러나왔다. 그리고 접혀진 사진 한 장. 명주는 책상 위에 오르골을 올려놓고 사진을 펴 보았다. 사진 속에는 녹음이 우거진 계곡을 배경으로 30대 초반의 무뚝뚝한 엄마와 밝은 표정의 현식이 서 있었다. 아마 20대 중반이었겠지. 엄마가 일을 쉬고 오랜만에 놀러간 날 찍은 사진이었다. 사진 밖 명주가 사진 속 천진한 표정의 일곱 살 난 명주의 웃음을 바라보았다. 사진 속에서도 엄마는 특유의 무뚝뚝한 표정이었지만 그래도 가족과 함께 하는 단란한 시간이 그녀를 행복하게 만들었음에 틀림없다. 그리고 초록색 원피스. 명주의 입에서 절로 짧은 한숨이 새나왔다.

scene14. **현아 수선**

현아의 작업실 벽에는 여러 가지 디자인의 리폼 의상이 디스플레이 되어 있고, 기다란 옷걸이에는 작업을 마친 옷들이 깔끔하게 걸려 있다. 재봉틀 위 벽에는 색색의 실이 꽂혀 있고, 작업대에는 실, 가위, 자, 다리미, 자투리 천들이 놓여 있다.

'헌 옷들을 수선해서 새 옷으로 만드는 일이 난 좋아.'

현아는 자기 일을 그렇게 표현하곤 했다. '그까짓 거 버리고 새 것으로 사면 돼' 라고 말하면, '누구나 잘못된 일을 고칠 수 있는 법이야' 라며 정색을 하는 그녀의 말에는 힘이 실리곤 했다.

작업대 선반에는 헝겊으로 만들어진 다양한 인형들이 걸려 있고, 한쪽에는 커튼이 쳐진 탈의실과 대형 거울이 있다. 특히나 명주는 그 방에 있는 인형들을 좋아했다. 페달로 돌아가는 재봉틀에 앉아 일하고 있는 현아의 모습이 그림 같았다. 마르고 긴 그녀의 실루엣은 벽에 걸린 인형처럼 이국적인 느낌을 주었다.

명주는 슬며시 들어와 소파에 드러누워 아무 말 없이 헝겊 인형을 가지고 놀다가 가끔 일하는 현아를 쳐다보았다. 뭔가 할 말이 있을 때면 그런다는 것을 현아도 알고 있지만 아무것도 묻지 않고 재봉틀의 실을 입으로 끊으며 명주에게 치마를 건넸다.

"다 됐다. 입어 봐."

명주는 치마를 받아들고는 머리에서부터 뒤집어 써 입어보았다. 여러 가지 천 조각을 이어 붙여 만든 듯 층층이 다양한 무늬의 집시치마였다.

"그거 입고 가라."

"어딜?"

"명은이랑 어디 가기로 했다며?"

“무슨 소리야?”

“너랑 이틀 정도 어디 갔다 온다고 나보고 승아 봐 달라고 하던데.”

“아직…… 간다고 안 했어.”

“왜에? 나 신경 쓰지 말고 바람 쐬고 와. 승아 다 컸는데 뭐.”

“그런 거 아냐.”

치마를 벗으며 명주가 신경질적으로 말했다.

“엄마도 안 계신데…… 서로한테 더 힘이 되어야 하는 거 아니니…….”

명주는 착잡한 얼굴로 현아를 바라보았다. 거울에 비친 현아의 얼굴이 희미하게 보였다.

scene15. **사생아**

열 한 살 난 명은이 모래 위에 나뭇가지로 선을 그으며 걸어가고 있다. 모래사장 위에 길게 패인 명은의 발자국과 명은의 손에 들린 나뭇가지의 상처 같은 자국. 고개를 숙이고 걸어가는 명은은 자주색 뿔테 안경을 쓰고 있다. 그런데 안경알 한쪽이 금이 가 깨져 있다.

'박명은! 우리 엄마가 그러는데 너 같은 애를 '사, 생, 아' 라고 한대.'

'사생아가 뭔데?'

'아빠가 누군지 모르는 아이, 사람들 몰래 낳은 아이, 결

혼 안 하고 낳은 아이!'

모래에 반사되는 눈부신 햇빛, 파도가 밀려와 명은의 발자국을 조금씩 지운다. 명은은 갑자기 고개를 들어 태양을 본다.

"난 사생아가 아니야!"

명은이 명주를 만나기 위해 시장에 왔다. 시간이 없었다. 처리해야 할 일이 산더미 같아서 이제 더 이상 출근을 미룰 수도 없었다. 명은은 장사하는 명주의 모습을 멀리서 지켜보며 아빠는 달라도 그래도 자매인데, 우리 둘은 어쩜 이렇게 다를까 생각에 잠겼다. 서울이 아닌 제주에서조차 정장 차림이 편한 자신과 알록달록 유치한 색의 화장과 옷을 걸치고 헤프게 웃으며 손님을 맞는 명주는 서로 다른 세상에서 사는 사람들이었다.

가게에서 억지로 명주를 끌어낸 명은은 말 한마디 없이

명주를 보고 섰다. 가만히 보고만 있어도 명주에게는 큰 압박이 된다는 것을 명은도 잘 알고 있었다. 명주는 또 아무 말도 없이 바다로 시선을 돌리는 명은을 쳐다보았다. 벽에 부딪친 느낌이었다.

"지금 당장 어떻게 장사를 그만 둬! 오늘 떼어 놓은 생선들은 다 어떡하고?"

"이모가 승아 맡아 준다고 했으니까 오늘 출발 못 할 거 없잖아."

"그럼, 미…… 미리 말을 하든가."

"미리 말했음, 두 말 안 하고 갈 거였어?"

"암튼, 저거 다 팔아야 돼."

"그럼 저녁 비행기 시간 알아볼게."

"나…… 비행기 못 타. 아마 못 탈 거야. 고…… 고소공포증인가? 뭐 그런 거 있어."

"너, 안 갈려고 수 쓰는 거지?"

명은의 시선을 애써 피하며 명주는 괜한 고무장화를 벗어서 뒤집어 탈탈 털어본다. 그때 승아가 고개를 숙이고 슬금슬금 시장 입구 쪽으로 걸어오는 게 보였다. 구세주 같은 딸이 나타나자 명주의 얼굴이 환해졌다.

“승아야!”

명주가 얼른 고무장화를 신고 반갑게 다가갔다. 하지만 고개를 푹 숙인 승아는 말이 없었다. 명주가 승아 앞으로 가 무릎을 꿇고 앉아 승아의 얼굴을 올려다보니 안경알 한 쪽이 깨진 자주색 뿔테 안경이 비뚤게 씌어져 있었고, 여린 눈두덩이 빨갰다.

“엄마, 미안…….”

딸의 눈두덩을 만지며 명주는 차마 혼낼 수가 없었다.

“많이 아프겠다…….”

“괜찮아. 선생님이 전화 하신대.”

“…… 알았어. 명은아, 승아 데리고 가서 안경 좀 해 주라.”

명주가 일어나며 명은에게 말했다.

“어떡할 건데?”

“…… 생각해볼게.”

안경점에서 몇 가지 안경테를 써 보고 거울에 비춰보는 승아를 보니 속도 상하고 옛 생각이 나 명은도 기분이 우울해졌다.

“몇 대 몇으로 싸웠어?”

"삼 대 일요."

"나보단 낫네."

"네?"

"아냐. 골랐니?"

"이걸로 할게요."

승아가 고른 건 평범하기 그지없는 뿔테였다.

"더 예쁜 걸로 해도 돼."

"이거면 됐어요."

새 안경을 쓰고 나자 승아의 기분도 좀 풀린 듯했다. 안경점 밖으로 나온 둘이 손을 잡고 가려는데 명은을 따라가던 승아가 갑자기 반대 방향으로 걸어가기 시작했다.

"승아야, 그쪽으로 가면 멀잖아."

하지만 승아는 못 들은 척 잰 걸음으로 걷기만 했다. 명은이 어이없이 바라보다가 승아를 쫓아가 팔을 잡자 승아가 여전히 고개는 저쪽으로 돌린 채 자리에 섰다.

"왜 그러니?"

"저기…… 아, 아빠, 있단 말예요."

뒤쪽을 바라보니 안경점 너머 버스 정거장 근처 단란주

점 앞에서 네온 입간판을 세우는 바람잡이가 보였다. 바람잡이는 카우보이 복장을 하고 주먹코 안경을 쓰고 있었다. 지나가는 사람들에게 자신의 명함을 나눠주고 길에 세워진 자동차에도 익숙한 솜씨로 빠르게 명함을 꽂고 있었다. 뒤돌아보니 승아는 이미 저 만큼 걸어가고 있었다. 명은이 뚜벅뚜벅 카우보이에게 다가갔다. 저도 모르게 한대 칠 것만 같았다.

"잘 부탁합니다!"

카우보이 복장을 한 사내는 명은에게 업소 명함을 주며 굽실거렸다. 얼떨결에 명함을 받아든 명은은 아무 말도 하지 못했다.

scene17. **찔레꽃**

명주는 방파제에 혼자 앉아 '찔레꽃'을 불렀다. 속이 상할 때면 그 노래는 무슨 신음처럼 흘러나왔다. 노래는 그런 효과가 있는 것 같다. 기쁨이나 슬픔을 멜로디로 바꾸는 힘. 바다를 보면서 노래를 하면 마치 알아들은 양 파도가 춤을 춘다. 아니, 바다는 가만히 있는데 명주가 춤을 추는지도 몰랐다. 시장 쪽에서 은실이 찢어지는 목소리로 명주를 불렀다.

"오명주! 장사 안 해?"

"네가 좀 해."

"너 자꾸 알바 쓸래?"

"아쉬우면 너도 알바 써."

"잘났다."

어느새 다가온 은실이 주머니에서 파란 사과를 꺼내 명주에게 던졌다. 둘은 아무렇게나 사과를 쓱쓱 옷에 문지르고는 시원하게 한 입 베어 물었다.

"명은이는 이제 서울 사람 다 됐어."

명주가 말했다.

"그렇지 뭐."

은실은 명주가 명은이 때문에 속상한 게 아닌가 짐작했다.

"명은이랑 어디 여행이나 갔다 올까 하는데……."

"네가?"

"왜?"

"설마 명은이가 가자고 한 건 아닐 테고……."

"명은이가 가자고 한 거야."

"해가 서쪽에서 뜰 일이네."

"너 친 언니도 아니면서 엄청 아는 척 한다."

"옆집 언니 인생 24년이다."

"가지 마?"

"뭔가 이유가 있겠지. 가 봐. 재밌겠다야."

기지배, 눈치 하난 빠르단 말야. 명주가 속으로 투덜거렸다.

"명은인 쫓아가면 도망가는 애야. 좀 튕길 필요가 있어. 가는 명은 잡지 말고 오는 명은 막지 마. 회자정리, 거자필반이라……."

"너, 내가 못 알아듣는다고 말 막 하는 거지?"

"뭘, 다 맞는 말이야."

"전문대 나온 티 엄청 내요."

"이거 중학교 한문이거든."

명주와 은실은 그렇게 한참을 실없이 바다 앞에서 티격태격했다. 명은과도 이렇게 허물없이 말이 통하면 얼마나 좋을까 생각이 들자 명주의 입에서 희미하게 한숨이 새어 나왔다.

탈출

비행기가 날아가는 하늘이 우울했다. 명은은 옥상에 있는 낡은 의자에 앉아 담배를 피웠다. 옆에는 혜숙의 가계부 노트가 펼쳐져 있고 노트에는 색연필로 그림이 그려져 있다. 여자아이를 사이에 두고 좀 더 큰 여자 어른 둘이 손잡고 나란히 서 있는 모습이었다. 그 주변으로 바싹 마른 억새풀이 덕지덕지 붙어 있었다.

'억새가 흐드러지게 핀 새별 오름에 다녀왔다. 명은이도 함께 갔으면 참 좋았을 텐데.'

바람이 불어 노트가 펄럭거리며 넘어갔다. 명은이 바다

쪽을 보다가 다시 고개를 돌려 옥탑방을 쳐다보았다. 고등
학생 때까지 명은은 그 방에서 살았다.

　체육복을 입은 명은이 요가 매트 위에서 낑낑대며 윗몸
일으키기를 하고 있다. 체력장에서 만점을 맞아야 한다.
누구나 다 만점을 맞는데 혼자 떨어지면 대학도 그만큼 멀
어진다. 힘겹게 몸이 올라올 즈음, 알람시계가 삐삐 소리
를 낸다. 정해진 시간을 넘지 않는 것은 명은에게 절대적
이다.
　이 지긋지긋한 곳을 탈출하려면 반드시 달성해야 하는
것들이 있다. 팔꿈치를 무릎에
찍은 다음 곧바로 몸을 누이
고 거친 호흡을 내뱉는다.
잠시 후, 명은이 손을
뻗어 기록용 종이를
집어 배 위에
올려놓고

펜을 찾는다. 손으로 더듬거리다가 보니 펜이 앉은뱅이책
상 아래로 굴러가 있다. 펜을 향해 손을 뻗다가 책상과 벽
사이에 분홍색 종이가 끼어 삐죽 나와 있는 것을 본다. 누
운 채 다가가 손을 뻗어 종이를 빼니 먼지뭉텅이와 함께
분홍색 편지 봉투가 딸려 나온다.

탁자 중간에 구겨진 분홍색 편지 봉투가 놓여 있고, 명은
이 상기된 얼굴로 혜숙을 마주보고 있다. 옆에선 다섯 살
난 승아가 멋모르고 흥얼거리며 스케치북에 색연필로 그
림을 그리고 있다. 혜숙의 앞에는 덮여진 가계부 노트가
있고, 손에는 색연필이 들려있다.

“살아 있는 거야?”

“죽은 거나 마찬가지야.”

“살아 있구나. 이 주소로 찾아간다.”

“안 돼.”

“왜 날 버렸는지 물어볼 거야.”

“누가 널 버려.”

“이게 버린 게 아니고 뭐야?”

“복에 겨워 가지고…… 네가 엄마가 없어? 이모가 없어?”

“이모는 왜 끌어들여? 지긋지긋해, 이 집구석. 생선 비린

내에, 좀약 냄새에……."

"지긋지긋하면 나가, 이년아. 나가 살면 될 거 아냐."

"안 그래도 대학 갈 날만 기다리고 있다고!"

명은이 편지를 가지고 벌떡 일어나 현관으로 나간다. 거실 문 옆에 숨어서 현아가 보고 있다가 밖으로 나가는 명은을 쫓아간다.

"명은아, 명은아!"

대문을 나오는 명은 뒤를 쫓아 나오는 현아를 무시하고 명은이 저만치 걸어간다. 현아가 따라가다 명은의 팔목을 잡는다.

"명은아!"

"왜요?"

"나가란다고 나가니? 엄마가 네 친구야?"

"뭘 아세요?"

명은이 편지 봉투를 현아에게 보인다.

"이 편지 보낸 박현식을 아냐고요?"

"……."

"뭘 알지도 못하면서 끼어들지 마세요. 이건 우리 가족 문제예요."

“내가 왜 몰라. 다 알아…….”

‘무슨 헛소리야’ 라는 표정으로 현아의 손을 뿌리치고 골목을 뛰어가는 명은을 보며 현아가 하염없이 눈물을 흘린다. 멀리서 숨어 그 모습을 보면서 명은은 이상하다고 생각한다.

 # 분홍색 편지 봉투

물 조리개에서 떨어지는 물이 비처럼 작은 꽃밭에 내렸다. 명주가 담배를 피며 꽃에 물을 주고 있었다. 바깥채에서 현아가 새 먹이를 주러 나왔다가 명주를 보고는 입을 열었다.

"예전에 혜숙 언니가 밤늦게 들어오는 너 기다리면서 그랬었는데……."

"…… 나, 엄마 속 많이 태웠지?"

"딸들이 그렇지 뭐."

"명은인 공부 하난 잘했어. 성격은 지랄 같아도."

“큭.”

현아가 조용히 웃으며 새장을 열고 먹이를 넣어주었다.

“너, 명은이랑 여행 갈 거야?”

물 조리개의 똑똑 떨어지는 물로 담배를 끄며 명주가 현아를 바라보았다.

“이모!”

“응?”

“명은이랑, 여행가도 돼?”

“그래, 갔다 와.”

“알았어.”

명주가 한숨을 쉬었다.

“싱겁긴.”

“승아 좀 잘 봐 줘요. 단란주점 사장 딸이 자꾸 놀리나 봐.”

“승아 아빠 직업이 문제라면 네가 얘기 좀 해 봐.”

“누가 아빠래!”

명주가 물 조리개를 던지듯 내려놓으며 소리질렀다.

“저럴 땐 꼭 지 엄마지.”

바다에는 바람이 불고 있었다. 두 자매가 유쾌하지 못할
게 뻔한 여행을 위해 항구로 나왔을 땐 바람이 나무들 사
이에 걸린 플래카드를 정신없이 흔들어대고 있었다. 두 자
매가 함께 여행을 가는 것은 이번이 처음이었다. 아버지가
다른 둘은 나이 차이도 있었고 생각의 차이는 그보다 더
깊었다. 명주는 배를 타는 순간까지도 쌀쌀맞은 명은이 왜
자기에게 함께 가자고 했는지 알 수 없었다. 생부의 얼굴
을 안다는 건 그저 핑계에 불과했다. 저 영악한 계집애도
두려웠던 것일까. 혼자서 출생의 비밀을 맞닥뜨린다는 게

그리도 캄캄했을까.

드디어 배가 섬을 밀어내고 바다 한가운데에서 저녁이 찾아왔다. 둘은 식당으로 가서 밥을 시켰다. 화물차 기사들이 시끄럽게 떠들며 술과 저녁을 먹는 틈에서 밥을 먹자니 정신이 하나도 없었다. 딱히 배가 고파서 먹는다기보다는 밥 때가 되었으므로, 여행의 시작부터 때를 거를 수는 없었으므로 하는 식사였다. 명주는 김치찌개를 시키고 명은은 돈가스를 시켜 꾸역꾸역 밥을 먹다가 명주가 입을 열었다.

"네 시간밖에 안 걸리는데 무슨 침대칸이냐?"

하지만 명은은 대꾸가 없다. 그런다고 그만둘 명주도 아니었다. 대꾸 없는 대화를 어디 한두 번 해본 것도 아니었다.

"배 여행 처음인데 잠만 잘 거야?"

"어디 놀러가니?"

겨우 한마디 대꾸가 날아왔다. 시작부터 명주의 옷을 보며 탐탁치 않아하던 명은이었다. 명주는 이때다 싶어 말꼬리를 붙잡고 늘어졌다.

"원래 내 복장이 이래."

하지만 다시 침묵.

"너, 명절 때 왜 집에 안 와?"

"피곤해."

"집에 와서 쉬면되잖아."

"차례 지내고, 친척들 찾아다니며 인사하고, 더 지쳐."

"서울에서 뭐 큰 벼슬한다고……."

그 말이 기분 나빴는지 명은이 수저를 소리 나게 놓으며 명주를 쳐다보았다. 하지만 명주도 지지 않았다.

"먹어두는 게 좋을 걸."

끝내 명은은 다시 숟가락을 들지 않았다.

여객선 침대칸은 두 사람이 있기엔 나쁘지 않았다. 적어도 다른 사람들에게 방해를 받지 않아도 되니 맘 편히 쉴 수 있는 공간은 되었다. 저녁식사를 하다 만 명은은 테이블에 앉아서 사기 커피 잔에 원두커피를 따라 마셨다. 잠시 후, 명주가 한 손으로 바퀴 트렁크를 끌고 다른 손으로 종이컵을 들고는 홀짝이며 방 안으로 들어왔다. 배가 흔들릴 때마다 사기 커피 잔이 달그락거리며 소리를 냈다. 명주는 침대칸의 여기저기를 만져 보고 구경하며 은근슬쩍 말을 붙였다.

"시작부터 김 빼는 소리 하고 싶지 않지만, 너무 기대하진 마. 그동안 너 안 찾은 것만 봐도 알잖아. 뭐, 감격적인 부녀 상봉 같은 거 기대하지 말라고……."

"내가 너니? 어떤 인간인지 확인하고 싶은 것뿐이야."

"그래도 네 아빤데, 인간은 좀 그렇다……."

"됐어."

"나야 네 덕에 배 여행도 해 보고, 고맙지 뭐…… 우리 너무 까칠하게 지내지 말자."

"너 하는 거에 달렸어."

동생의 차가운 말투에 벌써부터 질려버린 명주가 커피를 단숨에 비우고는 종이컵을 구겼다.

"나 구경 좀 하고 올게."

"핸드폰 켜 놔."

"오케이!"

명주가 방을 나가자 혼자 남겨진 명은이 창문 쪽을 바라보았다. 배가 힘차게 나아가고 그 서슬에 커피 잔이 달그락거렸다. 생각해보면 지나온 세월도 이처럼 파도 속을 항해해온 것 같았다. 한 번도 순탄하거나 즐거웠던 적은 없었던 것 같다. 그런데, 언니는 달랐다. 한 가족인데도 언니는 자신과는 다른 항해를 하는 듯 했다. 그런 언니가 이물

스러워서 마음은 그렇지 않은데 자꾸 차가운 소리만 해대는 것이다. 언제부터 그렇게 된 것일까. 문득 어느 해 겨울 명주가 아이를 출산했을 때가 떠올랐다.

　창문 밖에는 하얀 눈이 탐스럽게 내리고, 병실에는 온 가족이 모여 출산을 끝낸 열아홉 살짜리 엄마 명주를 위로하고 있다. 이유야 어찌됐건 아기를 출산했다는 기쁨에 어쩔 줄 모르는 현아와 명주, 혜숙이다.

　"어머, 어쩜 좋아. 나, 아기 발 처음 만져 봐. 너무 귀엽다. 너무 부드러워. 명주야, 너무 예쁘지?"

　현아가 아기의 작은 발을 만지며 말한다. 명주는 눈물을 글썽거리며 고개를 끄덕거린다.

　"나보다 낫네. 명주 첨 낳았을 때 꼭 원숭이 같았는데, 훗."

　혜숙이 말하며 웃는다. 현아도 웃으며 명주의 흐트러진 머리를 만져준다. 달그락. 침대 끝에 서 있는 열두 살 먹은 명은이 내는 소리이다. 명은은 침대의 철제 프레임에 샤프 펜슬을 부딪쳐 불편한 소리를 만들고 있다. 새침한 표정의 어린 명은이 이방인처럼 세 여자를 지켜보고 있다.

"명은아! 너도 와서 애기 구경해. 정말 예뻐."

현아가 끌어 당겼지만 명은은 다가가지 않는다. 그리고 입을 연다.

"애기 아빠는 누구야?"

혜숙과 현아는 난감해 했고 명주는 무표정한 얼굴로 천장만 바라본다.

여전히 울리는 금속성의 마찰음, 그리고 흔들리는 배. 명은은 그만 멀미를 하고 말았다. 지나온 세월이 너무 어지러워서 도저히 견딜 수가 없었다. 명은은 화장실 양변기에 고개를 처박고 구토를 했다. 배는 계속 흔들리고 창문 밖으로 보이는 높게 이는 파도가 금방이라도 몸을 덮칠 듯 공포스러웠다. 침대 위에 펼쳐진 혜숙의 노트 속에 포대기에 쌓인 귀여운 갓난아기의 그림이 보였다.

여객선 안에서 명주는 드디어 마음에 드는 공간을 발견했다. 배 안에 있는 작은 오락실. 명주가 오락기계 화면에서 눈을 떼지 못하고 혼자 중얼거렸다.

"저기, 명은아, 아빠가 꼭 있어야 되는 거냐?"

마음에 안 드는지 고개를 젖히고 약간 톤을 높였다.

"명은아, 저, 우리 옛날이야기 좀 할까? 그러니까…… 몇 년 전이지?"

명은에게 할 말을 미리 연습하면서 명주는 자기가 좀 한심스럽다는 생각이 들었다. 몇 년 전이었는지 머릿속으로 계산해 보느라 잠시 딴 생각을 하다가 그만 때를 놓쳐 그녀의 게임 아바타가 화면 속에서 신나게 얻어맞았다.

"아-씨, 명은아, 세상을 살아가는 데는 말야, 그러니깐…… 회자정리에 거자필반이거든. 넌 배운 애니까 이해할 수 있을 거야. 우리 어렸을 때를 잠깐 떠올려 봐. 가장 기억나는 때가 언제야? 너 혹시 우리 폭포 놀러갔을 때 기억나니?"

목소리가 커지자 옆에서 오락을 하던 트럭기사들이 흘깃 흘깃 명주를 쳐다봤다.

명은은 시간이 한참 지나도 돌아오지 않는 명주를 찾아 나섰다. 휘청거리며 복도를 걷다가 멀미가 도지자 입을 막고 두리번거리다가 결국 공동세면대에 토하고 말았다. 몸을 똑바로 가누지도 못하고 복도를 걷다가 사람들과 부딪치며 여기저기 둘러보지만 어디에도 명주는 보이지 않았다. 전화를 걸어보지만 '전화기가 꺼져 있어……' 음성만 흘러나온다. 갑판은 술에 취해 춤판을 벌인 아줌마, 아저씨들에게 점령당하고, 누군가 부르는 '찔레꽃' 한 자락에 멀미로 괴로워하던 명은은 아득히 옛 기억을 더듬는다.

찔레꽃이 흐르던 거실. 라디오에서 트로트 반주가 흘러 나오고 누군가 거기에 맞춰 노래를 부르고 있다. 현관문이 열리고 도수 높은 안경을 쓴 고등학교 하복 차림의 명은이 들어오는데 신발을 벗으며 보니 다섯 살배기 승아가 거실에 앉아 책을 찢어 종이접기를 하고 있다. 명은의 참고서이다. 명은이 신경질적으로 낚아채자 승아가 '내 거야, 줘!' 하며 칭얼거린다. 명은은 승아를 무시하고 참고서를 손에 들고 여기저기 둘러본다.

"네 엄만 어디 간 거야!"

아무도 없다. 엄마의 방에서 노랫소리가 들린다. 방문을 벌컥 여니 화려한 실내복에 매니큐어까지 칠한 명주가 전화기를 품에 안고 노래하고 있다. 보아하니 또 라디오 프로그램의 노래자랑 코너에 참여하고 있는 꼴이다.

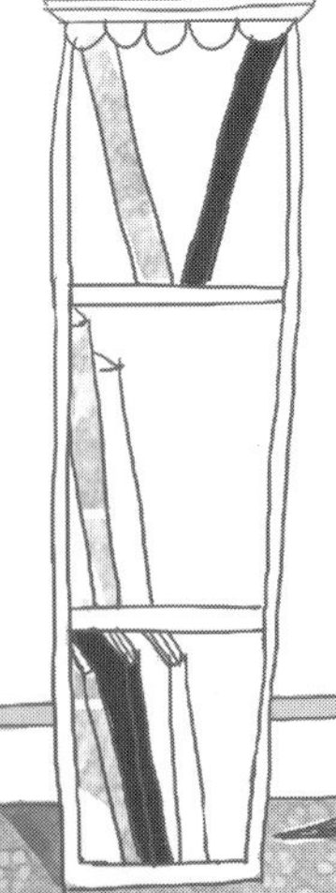

"야!"

무아지경 상태에서 노래하던 명주가 깜짝 놀라 노래를
멈춘다.

"어마, 깜짝이야!"

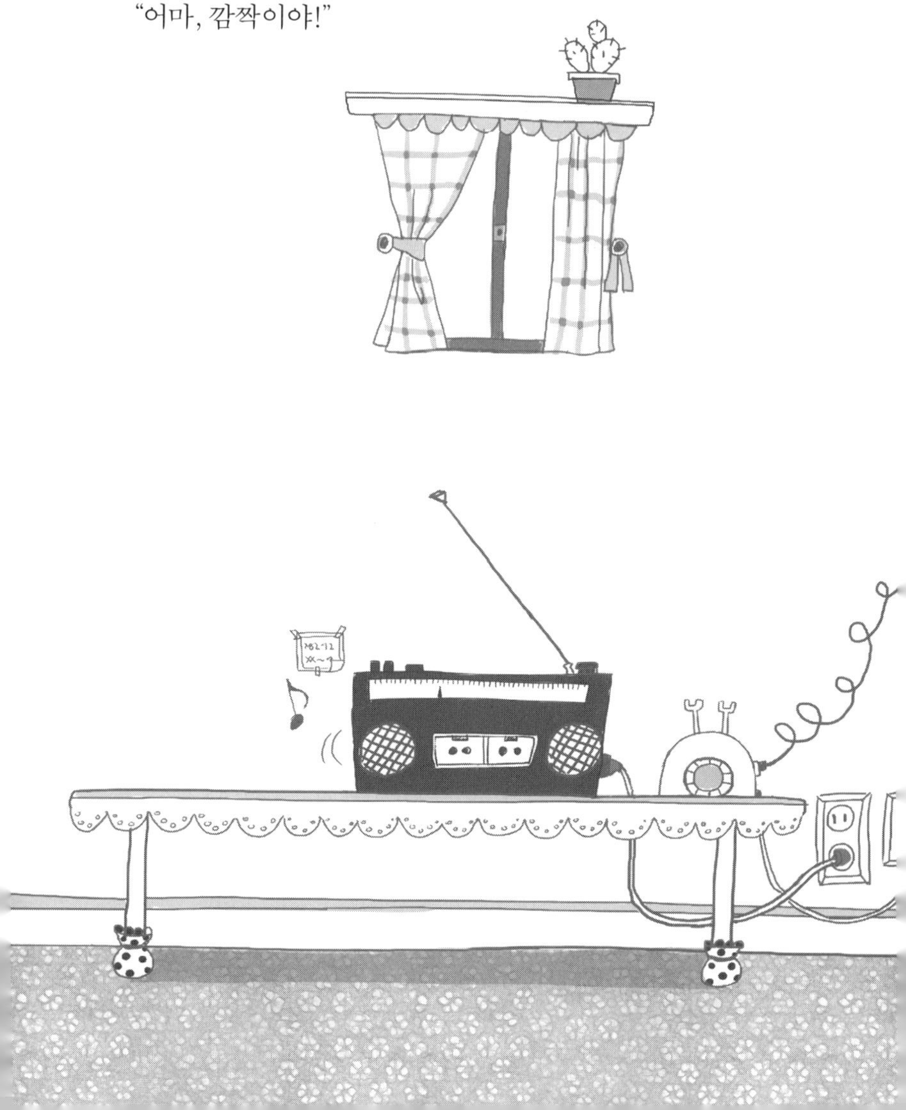

라디오에서 DJ의 애타는 목소리가 들린다.

“오명주 씨? 여보세요, 오명주 씨! 무슨 일 있으세요? 갑자기 연결 상태가 안 좋네요. 여기까진 너무 좋았는데요……”

명은은 찢어진 참고서를 명주 앞에 내팽개친다.

“낼 시험인데 이거 어떡할 거야! 지금 당장 똑같은 걸로 사갖고 와.”

라디오 DJ가 뭐라고 계속 떠들어댄다.

“아, 집에 무슨 일이 있으신가 봐요.”

“죄, 죄송합니다.”

명주가 맥없이 전화기에 대고 꾸벅 인사하고는 수화기를 놓는다. 그리고 명은이 집어던진 참고서를 집는다. 명주에게 와서 훌쩍거리는 승아를 안고 명주는 마루로 피하며 한마디 한다.

“내가 테이프로 붙여 놓을게. 애가 좀 가지고 논 게 그렇게 화낼 일이냐?”

하지만 명은은 독이 올랐다.

“그래! 동네 사람들이 뭐라고 하는 줄이나 알아? 지 엄마 닮아서 아빠 없는 애 낳아 키운다더라. 나 하나로 부족해서 낳았니? 그렇게 낳았으면 제대로 키우든가. 제대로 키우지도 못할 애를 왜 싸질러 놓고 지랄이야!"

멀미가 심하면 심할수록 왜 이런 기억들만 나는 것일까. 다시 전화를 잡고 통화를 시도해보지만 여전히 '음성 사서함에 메시지를 남겨⋯⋯' 소리만 흘러나온다. 그런데 바로 그때, 복도 끝 유리문 안쪽 오락실에 쪼그리고 앉아 있는 명주가 보였다. 명주는 껄렁한 세 남자들과 맥주를 마시며 히히덕거리고 있었다. 명은은 핸드폰의 폴더를 소리 나게 닫고 유리문을 밀었다.

명주는 트럭기사와 내기 오락을 하고 있었다. 기사의 동료인 두 사내가 구경을 하고 있고 오락기 위에는 찌그러진 맥주 캔이 일곱 개쯤 놓여 있는 것이 벌써 많이 마신 폼이었다. 아직 솜털이 보송보송한 어린 사내들이 명주가 오락하는 모습을 보면서 "와, 터프하네-", "밀렸어, 밀렸어"하고 보조를 맞추고 명주는 신이 나서 손에 불이 나도록 오락기를 두드려대고 있었다. 명은이 팔짱을 끼고 한참동안 명주를 노려봤지만 오락에 빠진 명주는 알아채지 못하고 구경하던 사내가 먼저 명은을 발견했다.

"누구세요? 아는 사람? 오호! 한 사람만 더 있으면 쪽수도 맞겠네. 다른 일행 없어요?"

무슨 미팅이라도 할 기세였다. 그때 명주가 돌아보았다.

"어? 왔어? 잠깐만."

그러고는 다시 오락기 화면을 보았다.

"에이- 죽었다."

오락기 화면에서 명주의 아바타가 너부러져 있다.

"나, 이등이에요. 이번 판은 아저씨가 쏴야겠네."

그러자 한 사내가 벌떡 일어서며 다른 사내에게 말했다.

"오, 예! 3연승, 3연승! 야, 빨리 맥주 사와."

"너도 할래?"

도대체 이 속도 없는 여자는 무슨 생각을 하며 사는 걸까. 명은은 기가 막혔다.

"지금 제 정신이야? 전화기 켜 놓으라고 했잖아."

명주는 주머니에서 전화기 꺼내보았다.

"배터리 엔꼬네. 안 하려면 가자. 맥주 잘 마셨어요."

갑판 위엔 바람이 강하게 불고 있었다. 명은은 벤치 옆에 두 주먹을 쥐고 서 있고 명주는 벤치에 앉아 있다. 도무지 용납할 수 없다는 듯 파도는 계속 배를 휘몰아치고, 그래도 상관없다는 듯 배는 제 갈 길을 가면서 일어나는 흔들림이 계속 멀미를 불러오고 있었다. 명주는 억울했다.

"나는 이 여행의 단서로 쫓아가는 거잖아. 단서가 술을 마시든, 깽판을 치든 무슨 상관이야."

명은이 기가 차다는 듯 말했다.

"시 쓰니?"

"너야 아빠 찾아가는 거지만, 난 네 아빠 본 적 있다는 이유로 엮여가는 거 아니냐고. 나까지 진지한 척 할 필요 없단 얘기야."

"누가 그러래? 엄마 돌아가신 지 며칠 됐다고 술인데?"

"그러는 넌? 엄마 돌아가신 지 며칠 됐다고 아빠 찾으러 가는데? 그리고 맥주 정도는 엄마도 다 이해해."

"너 도대체 생각이란 걸 하고 사는 애니?"

"그럼, 네 머린 머리고, 내 머린 액세서릴까 봐?"

명은은 고개를 좌우로 흔들었다. 더 말해 무엇 하나 싶었다.

"다 필요 없고, 이것만 약속해 줘. 여행하는 동안 술 마시지 말 것, 남자들한테 집적거리지 말 것, 개인 행동하지 말 것."

"어디 수학여행 가니?"

"내가 언제 너한테 부탁 같은 거 하는 거 봤니?"

"혼자 술 마시는 건 봐 줘. 나 주사 같은 거 없어."

"알았어."

명은이 휑 하고 안으로 들어가자 명주가 혼잣말을 했다.

"일단, 배에서 내려서 얘기하자."

이건 도무지 무슨 말을 붙일 상태가 아니었다. 물론 자기 탓도 있다는 것을 안다. 하지만 명주는 지금의 이 상황이 너무 힘들었다.

배가 목포항에 도착했다. 밤이 깊은 시간이었다. 아무리 서로 불편한 관계였어도 일단 둘이 머물 방을 구해야 했다. 하지만 늦은 시간에 두 여자가 머물 방을 찾는 일이 쉽지 않았다. 명은은 두리번거리며 모텔을 찾았고 명주는 여행용 트렁크를 끌며 따라가느라 힘이 들었다. 어두운 골목엔 간간이 모텔에서 흘러나오는 네온 빛이 앞길을 밝혔고, 바람은 문 닫힌 가게의 셔터를 두드리며 음산한 소리로 거리를 메웠다. 옆으로 난 작은 골목에서 구토하던 취객과 눈이 마주치자 둘은 걸음을 재촉했다. 단란주점에서 한 남자가 술 취한 여자를 안다시피 부축하고 나오며 귀에 대고 속삭이는 말소리가 너무도 또렷하게 들려 민망했다. 그들 역시 두 사람과 같은 곳을 찾고 있었다.

"야, 좀 천천히 가. 누가 따라 오냐?"

명주가 볼멘소리를 했다.

"빨리 와."

"아무데나 좀 들어가자."

그러더니 명주가 길옆의 모텔을 가리켰다.

"여긴 어때?"

하지만 명은은 음습한 여관의 모습이 마음에 들지 않았다. 명은이 다시 성큼성큼 앞을 보고 걸었다.

둘이 이렇게 걸었던 기억이 있다. 명은이 열 살 때쯤이었던가. 그러니까 성큼성큼 앞에서 걷는 명주가 열일곱 살이었고 뛸 듯이 힘들게 종종거리며 따라붙는 명은이 열 살 때였다.

"아직이야?"

"너 외삼촌집 안 가봤어?"

칭얼대는 동생에게 명주가 말한다.

"좀 천천히 가. 힘들어."

결국 동생이 안쓰러워 쉬기로 하고 슈퍼 앞 평상에 앉아 입에 하나씩 하드를 문다.

"이모가 우리 가족이야?"

명은이 묻는다.

"왜?"

"어제 가정환경조사서 쓰는데 엄마가 이모를 가족이라고 쓰잖아. 그래서 내가 못 쓰게 했어."

그러자 명주가 단호하게 말한다.

"이모는 우리 가족이야."

"이모가 엄마 친동생도 아닌데 왜 가족이야? 난 이모 싫어. 잔소리도 많고, 이상한 냄새도 나고. 손 이렇게 흔들며 말하는 것도 싫어."

"우리 집 식구들은 모두 평발인 거 몰라? 이모 평발이잖아."

명은이 자기 발을 본다.

"너 평발이 뭔지나 알아?"

"알아."

"뭔데?"

"쫌 가다가 쉬는 거, 쫌 가다가 쉬어야 되는 발."

"그래! 그래서 우리가 지금 쉬는 거잖아."

명은은 못 미더운 듯 명주를 살짝 올려다본다.

좁고 낡은 모텔 안은 역시 불편했다. 그나마 하룻밤을 자겠다는 사람들에게 방을 준 곳이 여기뿐이었다. 하지만 방은 정말 잠깐 머물렀다 가기에도 너무 허름했다.

명은은 웃옷도 벗지 않고 팔짱낀 채 벽에 기대 서 있는데 욕실에선 벌써 욕조에 물 받는 소리가 들린다. 욕실에서 나온 명주는 아무렇지도 않다는 듯 자기 집처럼 행동했다. 명주가 치마를 벗고 속옷 차림으로 욕실로 들어가자 명은은 못마땅한 얼굴로 모텔 방 안을 두리번거렸다. 머리빗을 들어 수많은 머리카락의 주인이라도 찾으려는 듯 노려보고, 로션을 살짝 들어 뚜껑을 열고 냄새를 맡았다. 색이 조잡한 커튼을 손끝으로 만지작거리다가 홱 하고 커튼을 젖히자 커튼 안의 벽지가 꺼멓게 썩은 채 벗겨진 게 보였다. 명은은 얼굴을 찡그리며 입을 막고 신경질적으로 커튼을 다시 쳤다.

클렌징 로션을 얼굴에 잔뜩 찍어 바른 명주가 거울 앞에서 남은 클렌징 샘플을 쥐어짜고 있을 때 욕실 문이 벌컥 열렸다.

"딴 데 가."

"왜?"

"커튼 뒤에 벽이 시커멓게 썩었어. 벌레도 있는 거 같고."

"벽 끼고 잘 거 아니잖아."

명주가 태평하게 말하고는 다시 샘플을 짜서 얼굴에 발랐다.

"냄새 나서 싫어."

"네가 고른 거야."

"겉은 멀쩡했잖아. 그리고 비행기로 왔으면 이럴 일도 없었어."

결국 명주는 세면용 머리띠를 하고 속옷 차림으로 프런

트에 전화를 해야 했다.

"여보세요. 저, 여기 벽이 썩어서 냄새도 나고……."

"벌레."

명은이 옆에서 작은 소리로 말참견을 했다.

"버, 벌레들도 기어 다녀요. 다른 방으로 바꾸면 안 될까
요?…… 네, 아, 네…… 알겠습니다."

"뭐야?"

"으응, 방이 없어서 50프로 깎아준대."

"돈독 올랐니?"

"하루 자고 가는 거 까다롭게 굴 거 없잖아."

명주가 커튼을 걷고 썩은 벽을 바라보자 명은이 그것 보
란 듯한 표정으로 명주를 쳐다봤다.

"내가 이쪽에서 잘께."

방을 바꾸는 일이 여의치 않자 명은은 의자를 소리 나게
빼고 앉아 발을 테이블 위에 올려놓았다.

'이제 심술모드 가동이군.'

명주가 속으로 중얼거렸다.

"클렌징 로션 있나?"

"방금 세수했잖아."

"한 번 더 해야 돼. 화장 진해서."

"가지가지 하네."

명은이 의자 위의 가방 속에서 클렌징을 꺼내 테이블 위로 던졌다. 명주가 클렌징을 가지고 욕실로 들어가고 욕실문이 닫히자마자 명은은 갑자기 가방을 들어 두 번, 세 번 세게 의자 위로 내동댕이쳤다. 그러자 약이라도 올리는 것처럼 욕실에서 목욕하는 명주의 콧노래 소리가 흘러나왔다. 약이 오른 명은이 욕실로 뛰어 들어갔다. 욕조 턱에 앉아 허밍으로 트로트를 부르다 갑자기 뛰어든 명은의 독기어린 얼굴을 보자 명주의 입에서 절로 한숨이 나왔다. 명주가 일어나 세면대 위에 있는 클렌징 폼을 집어 들고는 얼굴에 쫙 바르고 변기뚜껑 위에 앉아 빡빡 문지르기 시작했다. 명은도 욕조 턱에 걸터앉아 이를 닦았다. 명주가 나가고 거울 앞에 서서 칫솔질을 하던 명은이 세면대 위에 놓인 움푹 들어간 클렌징 폼을 집어서 보고는 던지듯 내려놓았다. 상당한 양이 남아 있었는데 헤프게도 거의 다 써버렸다.

욕실 밖으로 나온 명주는 명은이 풀어놓은 시계도 껴 보고, 명은의 화장품도 찍어 발라보고, 바바리까지 걸치고는 거울 앞에서 휘 돌아보았다. 그러다가 협탁 위에 펼쳐진 엄마의 노트에 시선이 갔다. 노트에는 엄마와 이모가 함께 찍은 요란한 스티커 사진들이 붙어 있었다.

'현아의 생일이다. 명주에게 가게 맡겨 놓고 함께 여기저기 쏘다녔다. 생일 맞은 현아보다 내가 더 신나했다…….'

"뭐야, 나 빼놓고 둘이서만 놀았던 거야? 이-씨."

욕실 문 열리는 소리가 들리자 명주는 명은이가 읽던 대로 노트를 협탁 위에 펼쳐놓고 벽 쪽으로 누웠다. 젖은 머리를 수건으로 닦으며 나온 명은이 따로 들고 나온 마른 수건을 베개 위에 깔고 불을 껐다. 명주를 등지고 누운 명은을 보며 명주가 말을 붙였다.

"너, 아빠 만나면 어떡할 거야?"

대답이 없자 명주가 명은의 등을 슬쩍 밀었다.

"야아, 아빠 만나면 어떡할 거냐고."

"왜에?"

"응? 으응, 그냥. 궁금해서…… 얼굴만 보러 간다는 것도 이상하잖아……."

"범죄자 아니고, 알코올 중독자 아니고, 정신병자 아니면 인사는 해줄게, 됐니?"

"푸- 지랄한다."

"뭐?"

명주는 괜한 말을 했다는 듯 자기 입을 때리는 시늉을 했다.

"아니, 아니."

그러다가 돌아누운 명은의 등을 물끄러미 보던 명주가 결심한 듯 입을 열었다.

"명은아, 우리 옛날 옛날에 폭포 놀러 갔을 때 혹시 기억 나니? 왜, 고무 다라이 안에 해삼이랑 멍게랑 전복도 구경 하고 낙지도 먹었잖아. 거기 폭포 앞에서 사진도 찍었는데……."

"졸려."

명주는 순간 말문이 막혔다.

'참 힘든 일이네…….'

 지방도

차가 시원하게 지방도를 달렸다. 두 여자가 편하게 다니기에는 차를 렌트하는 게 좋을 것 같다는 게 명은의 생각이었다. 다행히 명은이 서울에서 운전을 했기 때문에 어쩌다 트럭을 몰던 명주는 조수석에서 편하게 갈 수 있었다.

"차, 너무 큰 거 아냐?"

"소형차는 렌트 안 해줘."

"아니, 그냥 평범한 걸로."

"이런 차가 운전하기도 편하고 얕보지도 않는단 말이야."

"네비…… 뭐 저거는 꼭 달아야 되냐?"

“보태준 것도 없으면서 말 많이 하지 말자.”

명주가 갑자기 주파수를 바꿨다. 방정맞은 트로트 음악이 기다렸다는 듯이 튀어나왔다.

“좋-다!”

“관광버스 만들래?”

“잠깐만 듣자. 응?”

명주가 신이 나서 트로트를 따라 불렀다. 정말이지 오랜만의 여행이었다. 창밖으로 손을 내밀어 바람을 맞는 환한 표정의 명주를 명은이 슬쩍 쳐다보다 자기 쪽의 창문을 내렸다. 바람이 들어와 명은의 머리카락을 날렸다.

“야, 잠깐, 잠깐! 세워 봐!”

또 뭐야 하는 표정으로 명은이 명주를 쳐다보았다. 차가 멈춰 선 길의 양옆으로 빽빽한 메타세콰이어가 울창한 가로수길이 펼쳐져 있었다. 이번만큼은 두 사람 모두 아름다운 풍경에 넋을 잃었다. 명주가 갑자기 차 뒷문을 열고 여행 가방을 뒤지더니 카메라를 찾았다.

“짜잔! 크크, 사진 찍자.”

가로수 길을 배경으로 나란히 서 있는 명주와 명은의 모습이 어색하기만 했다. 렌터카 위에 놓여있는 카메라에서 자동타이머의 빨간 램프가 깜박깜박하자 명주가 명은의 어깨 쪽으로 고개를 갸웃했다. 그러자 명은이 기다렸다는 듯이 반대편으로 고개를 갸웃했다.

“야, 나 머리 감았어.”

“대충 찍어.”

그 순간, 카메라의 셔터가 돌아갔다.

“야아- 찍혔잖아.”

명주가 투덜대며 카메라를 다시 조작하고는 명은 곁에 와 섰다.

“좀 잘 하자.”

명은은 여전히 귀찮은 기색이었지만 이번만큼은 어쩐 일인지 명주가 하는 대로 그냥 가만히 서 있었다. 카메라 셔터 소리가 나고 고개가 명은 쪽으로 기운 환한 표정의 명주와 뻣뻣한 명은의 모습이 카메라에 담겼다. 명주는 안 찍히려고 얼굴을 이리 저리 피하는 명은과 한참을 옥신각 신하다 차마 못한 말들을 조심스럽게 꺼내놓았다.

"명은아, 네 아빠…… 나 일곱 살 때 첨 만났거든……."

시장 앞에서 명주가 아이들과 사방치기를 하며 놀고 있 다. 시장에서 장사하는 부모들을 따라온 아이들은 대개 그 렇게 놀며 시간을 보낸다. 명주의 돌이 멀리 굴러간다. 돌 을 주우러 달려가는 명주 앞으로 로터리를 돌며 채 속도를 줄이지 못한 야채 트럭이 나타난다. 뒤늦게 트럭을 발견한 명주의 표정이 멍해지고 찢어지는 브레이크 소리에 이어 트럭이 급정거한다. 트럭에서 야채가 가득 담긴 박스 하나 가 땅으로 떨어진다.

"큰 사고가 났나 봐."

사람들이 웅성거린다. 트럭 옆에는 명주가 어떤 청년의 품에 안겨 쓰러져 있다. 간발의 차이였다. 청년이 엉거주춤 몸을 일으키며 어린 명주를 품에서 풀어준다. 혜숙이 구경하는 사람들 틈을 비집고 트럭 앞으로 다급하게 달려온다. 혜숙과 눈이 마주친 청년은 쑥스러운 표정이다.

"그게 인연이 돼서 아저씬 엄마 가게의 단골이 됐고, 또…… 나의 친한 친구가 됐어."

개구리 울음 소리, 물소리가 청량하게 들리는 계곡. 너럭바위 위 깔개에는 맛깔스런 도시락이 놓여있고, 무뚝뚝한 표정의 혜숙이 김밥과 과일을 먹고 있다. 바지를 무릎께까지 걷은 현식이 그 아래 바위에 앉아 계곡에 발 담근 채 김밥을 먹고 있다. 어린 명주는 반바지 차림으로 물속에서 개구리를 들어 보인다.

“엄마! 나 뭐 잡았게?”

하지만 혜숙은 관심 없다는 듯 소리친다

“김밥 먹어!”

현식이 아는 체를 해준다.

“명주야, 뭐 잡았어?”

어린 명주는 개구리를 들고 씩씩하게 바위 위로 올라온다.

“개구리! 히히히.”

“김밥! 아 -”

같이 입을 아 - 하고 벌리고 명주 입에 현식이 김밥을 넣어준다. 명주가 김밥을 쏙 받아먹고 웃는다. 현식이 코를 찡긋한다.

“명주야! 아기 개구리 같은데, 엄마 개구리가 찾겠다. 저 소리 들어 봐. 엄마 개구리가 아기 개구리 이름 부르잖아.”

명주가 가만히 개구리 소리에 귀 기울인다.

“애 이름이 깨굴이야?”

“꽥꽥이 아냐?”

같이 듣는 척하던 현식이 아는 체를 한다. 그러자 혜숙도 한 마디 한다.

“깨골이 같은데.”

“아냐, 아저씨 말이 맞아. 꽥꽥이 놔주고 올게.”

“그래.”

어린 명주가 계곡 아래로 내려가고 그 모습을 보며 혜숙
이 웃는다.

“야, 너 솜씨가 보통이 아니다야. 식당 차려도 되크라.”

“내가 요리를 좀 하지.”

“명준 너 보고 아주망 닮댄.”

“그게 무슨 말이야?”

“아줌마 같다고.”

“뭐어!”

현식이 물속에 손을 넣어 혜숙에게 물을 튕긴다.

“뭐야!”

그새 돌아온 명주가 현식과 가세하여 혜숙에게 물을 튕
긴다. 혜숙도 지지 않고 바위에서 내려와 현식과 어린 명
주에게 물을 튕긴다. 행복했던 세 사람. 명주에겐 지워지
지 않는 기억이다.

분위기를 깨며 명은의 전화가 울렸다. 명은은 발신인을 확인하고 어쩔 수 없다는 듯 돌아서서 전화를 받았다.

"네, 과장님…… 네, 내일 출근한다고 보고했는데요…… 그건 제가 올라가서 처리할게요. 네…… 그럴 일 없을 거예요, 네."

전화를 끊고 돌아선 명은의 표정이 어두웠다. 아무래도 재촉이 심한 모양이었다.

"계속해."

"어?"

“아까 얘기, 계속해.”

“으응…… 그렇게 네 아빠 쉬는 날마다 나랑 놀아줬고, 가끔 엄마랑 도시락 싸서 소풍도 가고…… 그랬어.”

“가족이 없대?”

“어. 육지에서 내려와 혼자 사는 것 같았어. 엄마한테 집적대는 아저씨들 다 징그러웠는데, 그 아저씨만은 좀 달랐어. 이상하게…….”

억새를 가르며 바람이 지나간다. 억새가 갈라지는 그 끝에 하나의 그림처럼 혜숙과 현식이 서있다. 주변엔 온통 억새 천지인 오름이다. 소주와 통닭이 놓여있는 깔개 위에 혜숙이 앉아 있고 혜숙의 허벅지를 베고 얼굴에 파랗게 멍이 든 현식이 누워 있다. 명주는 스스럼없이 다가가 현식의 배를 베고 눕는다. 명주가 손에 쥔 억새 다발로 현식의 얼굴을 간질인다.

“간지러워-”

명주가 현식을 간질이던 억새를 혜숙에게 내밀며 말한다.

"생일 선물!"

혜숙이 씨익 웃으며 앞에 놓인 소주잔을 비운다.

"너, 사는 게 사는 게 아니켜이."

"그래도 누나랑 명주 만날 때는 너무 좋아요."

"뭐 그딴 새끼가 다 있나. 씨발 새끼, 여자들이랑 술 먹기 싫다는 데 때리니."

"됐다, 누나야. 어차피 이제 그만 둘 텐데 뭐. 내가 바뀌어야지……."

현식이 일어나며 명주를 꼬옥 안는다.

"에구- 우리 귀여운 명주, 나 일본 갔다 와서 유치원 선생님 할까? 근데 누나, 통닭 말고 딴 거 안 싸왔어?"

그러나 혜숙은 멍하니 딴 생각이다.

"누나!"

"응?…… 명주야!"

"응?"

"너, 동생 갖고 싶으냐?"

"응!"

그게 무슨 뜻인지도 모르면서 명주는 좋아라 대답한다.

"아이를 참 좋아했어. 길에서 우는 애 보면 그냥 지나치는 법이 없었으니까. 또 아저씨가 달래주면 애들이 신기하게 울음을 뚝 그쳤다."

"근데, 지 새낀 왜 버려?"

"버, 버렸다고 말할 순 없지…… 뭐, 사정이 있을 수도 있고…… 아, 배고파. 밥 먹으러 가자."

명주가 슬쩍 말을 돌렸다. 명은이 무언가 더 말을 하려다가 입을 다물고 큰 수족관이 보이는 식당 앞에 차를 멈췄다. 식당 앞 수조 안에서 서로 포개져 꾸물거리는 낙지들을 보면서 둘은 연포탕과 산낙지, 낙지비빔밥을 주문했다. 산낙지를 잘근잘근 씹으며 명주가 말했다.

"내가 산낙지 처음 먹은 게 열 살 때였거든. 현아 이모 처음 만났을 때 이모가 사준 게 이거야. 산낙지 먹을 때는 소화되게 소주 마셔야 된다고 소주도 한잔 따라주시데."

명은은 입맛이 없어 먹는 둥 마는 둥인데 명주는 미끌거리는 산낙지를 용케도 잘 집어 입으로 쏙쏙 넣으며 조잘댔다.

“이거 다 먹고 갈 거야?”

“그때 산낙지 맛, 참 오묘했는데…… 그때도 소주 한잔 먹고 멀쩡했잖아. 원래 술이 센가 봐.”

그때 주인아줌마가 소주 한 병과 잔을 자매의 테이블에 놓으며 말했다.

“서비스. 소화되라고.”

“됐어요.”

명은이 차갑게 받았다.

“왜에- 아줌마도 한잔 하세요.”

명주가 얼른 받아서 소주 뚜껑을 땄다.

“그래도 돼요?”

주인아줌마는 슬쩍 명은의 눈치를 보고는 엉거주춤 자리에 앉았다.

“아줌마, 너무 멋지시다.”

명주가 주인아줌마에게 소주를 따르고 주인아줌마가 다시 병을 받아 명주의 소주잔에 소주를 따랐다.

“둘이 친구?”

“어머! 제가 그렇게 젊어 보여요?”

“끽해야 20대 후반인데?”

“아줌마! 쟤 화내요. 저는 30대고 얘는 20대예요.”

명주가 턱으로 명은을 가리키며 호들갑을 떨었다. 주인 아줌마는 자기도 30대라며 반갑게 명주와 잔을 부딪치더니 명은에게도 말을 걸었다.

“한잔해요.”

“운전해야 돼요.”

“그럼, 잔만 부딪혀요. 내가 잔 가져올게.”

명은이 말리기도 전에 주인아줌마가 자리에서 일어섰다. 그때 명은의 휴대전화가 울렸다. 발신인을 확인한 명은이 전화기를 들고 밖으로 나갔다. 그사이 주인아줌마가 소주잔을 가지고 자매의 자리로 돌아오고, 주인 남자도 보글보글 끓는 냄비를 들고 뒤따라와 자리를 잡고 앉았다.

“네, 과장님.”

“박명은 씨! 지금 어디예요?”

“저…… 지방인데요.”

“제주도 아니에요?”

“아, 네. 근데 무슨 일이세요?”

“피티 일정 당겨졌어요. 내일 오는 건 오는 거고 지금 디자인 쪽이랑 연락해서 컨셉 정하고 시안 작업 들어가도록

지시하세요. 컨셉 정하는 건 이 대리하고도 상의하고.”

“네, 그러겠습니다.”

전화를 끊고 명은이 잠시 멍하게 도로 위 하늘을 바라보았다. 하늘이 흐렸다. 다시 휴대전화에서 거래처의 번호를 찾고 서슴없이 버튼을 눌렀다. ‘전화를 받을 수 없어 음성 사서함으로……’ 라는 메시지가 들림과 동시에 명은은 전화를 끊고 후다닥 식당 안으로 들어갔다. 식당으로 돌아가니 식당 안에선 주인장까지 가세한 술판이 벌어져 있었다. 명주가 주인 남자의 잔에 술을 따르고 있고, 주인아줌마는 이미 거나하게 취해 있었다.

“여보, 자매끼리 여행가는 거래.”

“안 닮았는데.”

주인 남자가 둘을 보더니 중얼거렸다.

“애랑 저랑 아빠가 달라요. 애네 아빠가 제 생명의 은인이에요.”

“와, 그렇구나. 너무 괜찮다. 같이 여행갈 정도로 친하고.”

주인아줌마가 부럽다는 듯 말했다.

“그냥, 뭐……”

명주도 술이 오른 듯 했다. 명은은 거의 미칠 듯한 심정이 되어 밖으로 뛰어나가 차에 시동을 걸었다. 잠시 후에 식당 밖으로 나온 명주가 슬금슬금 차에 올라탔다. 어느새 비가 촉촉이 내리고 있었다. 창문 밖으로 휙휙 빠르게 지나가는 국도변 풍경은 전형적인 시골 농촌의 모습이었다. 화가 난 상태로 운전하는 명은 때문에 차는 거친 소리를 냈다.

“술 안 마시기로 한 거 잊었어?”

“야, 생각해서 홍합탕까지 주시는데 어떻게 가만 있냐. 딱 세 잔 마셨다. 세 잔.”

“세 잔은 술 아니니?”

“너 술하고 원수졌냐? 왜 그렇게 못 잡아먹어서 난린데?”

“네가 약속을 안 지켰잖아.”

“그게 약속이냐? 강요지. 넌 어떻게 융통성이란 게 코딱지만큼도 없냐?”

“술 마시고 시시덕거리는 게 융통성이니?”

“지금도 봐. 여행이 너무 삭막해서 술 좀 마셨고, 같은 세대끼리 인사 좀 한 것이 그게 그렇게 큰일 날 일이야?”

“인사? 콩가루 집 족보 까발리는 게 인사니?”

명은이 참지 못하고 언성을 높이며 명주 쪽을 돌아보다

가 갑자기 핸들이 꺾였다.

"어어……."

명은이 순간적으로 핸들을 반대 방향으로 돌렸지만 노면에 수막이 생겨 고속주행 중이었던 렌터카는 반대 방향 차선으로 무섭게 질주했다. 건너편 가드레일을 겨우 피해 방향을 튼 차는 다시 주행 차선의 가드레일을 받을 뻔하다가 한 번 더 꺾여 반대편 가드레일을 받고 뒤집어졌다. 뒤집어진 채 주욱 앞으로 미끄러진 렌터카는 가드레일이 없는 차선 옆 공터까지 가서야 멈췄다. 사고의 충격으로 렌터카의 앞 유리창이 깨지고 거미줄처럼 금이 갔다. 명주와 명은은 벨트에 매달려 얼이 빠진 모습이었다.

"아…… 퉤, 퉤."

입에 들어간 유리 조각을 뱉어내며 명주가 우는 소리를 했다.

"뭐야- 죽는 줄 알았잖아."

명은도 손으로 가슴 아래 부위를 만지며 신음을 냈다.

"아……."

명은의 이마에서 피가 흘렀다. 둘은 벨트를 풀기 위해 안간힘을 써보았지만 쉽지가 않았다.

"어떻게 나가, 어으씨-."

명은이 침착하게 재킷 주머니를 뒤지며 말했다.

"전화 좀 찾아 봐."

"씨발- 어떡해……."

"전화 좀 찾아보라고!"

그때, 갑자기 끼익- 하는 파열음이 들렸다. 아까 렌터카가 미끄러졌던 지점에서 똑같이 어떤 차가 미끄러질 뻔하다 겨우 방향을 잡고 멈춰 섰다. 멈춰선 차에서 운전자가 내려 렌터카로 다가왔다.

"괜찮으세요?"

"아, 아저씨, 좀 도와주세요. 벨트가 안 풀려요."

명주가 우는 소리로 말했다.

"가위 있으세요?"

명은이 침착하게 묻자 남자가 다시 차로 돌아가 가위를 가져와 안전벨트를 자르기 시작했다.

"와-진짜 운 좋으신 거예요. 진짜, 정말 운 좋으신 거예요."

"야! 너 때문에 죽을 뻔했잖아!"

"내가 일부러 그랬니?"

“조심했어야지.”

남자의 도움으로 밖으로 나온 명주와 명은이 차 앞에서 엉거주춤 서 있었다. 명주는 피가 섞인 침을 연신 뱉으며 명은을 원망했다.

“저기, 만일의 경우를 대비해서 차에서 멀리 떨어지는 게 좋을 것 같은데. 짐도 빨리 빼시는 게…….”

그 와중에도 싸우는 두 사람을 보던 남자가 조심스럽게 끼어들었다. 하지만 소용없었다.

“길이 미끄러운데 무슨 조심이야!”

“비 오는데 왜 밟아!”

남자는 이러지도 저러지도 못하고 있다가 결국 슬그머니 자기 차로 돌아가 버렸다.

“네가 날 열 받게 했잖아!”

“내가 뭐얼-”

“내가 뭘? 그걸 다 설명해야 알아?”

“그래, 설명 좀 해봐. 내가 도대체 뭘 잘못했는데?”

“아악- 맘에 안 들어!”

“뭐가 그렇게 맘에 안 드는데?”

“다! 모두 다!”

“넌 마음에 드는 줄 알아?”

“넌…… 정말, 최악이야. 눈치 없고, 알코올 중독에, 아빠 없는 애 낳아서 키우는 걸 무슨 자랑으로 알고…….”

명주의 손이 명은의 뺨으로 매몰차게 날아갔다. 명은은 예상치 못한 공격에 깜짝 놀랐다.

“말 함부로 하지 마. 내 애, 내 맘대로 낳는데 네가 무슨 상관이야!”

“네 맘대로 낳았으니까 사생아지. 부끄러운 줄 좀 알아.”

“그 말, 생전에 엄마한테나 하지 그랬냐?”

“너, 정말…….”

“박명은! 넌 네가 세상에서 제일 잘났다고 생각하지? 명문대 나온 데다, 외모 반반하고, 대기업 들어갔겠다 부족한 게 없잖아. 그치?…… 아빠가 누군지 모른다는 것 빼고는. 응?”

명은의 눈에서 눈물인지 빗물인지 모를 물이 흘렀다. 이마에선 끊임없이 붉은 피가 흘렀다. 명주의 얼굴도 마스카라가 빗물에 번져 흉하게 얼룩져 둘 다 몰골이 말이 아니었다.

“입 닥쳐…….”

“우물에서 벗어나 세상으로 나가면 뭘 하냐고. 네 발은 아직도 우물 속에 있는데.”

“그만 하라고!”

명은이 명주에게 미친 듯이 달려들었다. 하지만 곧 주저앉았다.

“아아…….”

명은이 가슴 아랫부분을 두 팔로 감쌌다. 어딘가 부러진 것 같았다. 쏟아지는 빗줄기 속에서 두 사람은 어색한 자세로 웅크리고 앉아 있었다.

비가 그쳤다. 정자 난간에 걸려 있는 명주와 명은의 젖은 옷 사이로 저 멀리 휴지 조각처럼 구겨진 렌터카가 보였다. 자매는 머리에 수건을 뒤집어 쓴 채 정자 난간에 기대어 앉아 있었다. 둘 다 대충 새 옷으로 갈아입고 견인차를 기다리는 중이었다. 어린애들처럼 한바탕 하고나니 조금 진정이 되는 듯 했다.

"애네들은 왜 이렇게 안 오는 거야."

명주가 기운 없는 목소리로 말하며 옆 트렁크에서 담배를 꺼내 물었다. 담배 연기가 입 안에 돌자 까진 부위가 쓰

라려 손으로 입을 감쌌다. 연기가 명은 쪽으로 날리자 명은이 손으로 허공을 휘저었다.

"꺼?"

"됐어."

명은이 자신의 숄더백에서 담배를 꺼내 물었다. 명주는 잠시 놀란 눈으로 명은이 능숙하게 불을 붙여 담배를 피우는 모습을 쳐다보았다. 그리고 둘은 한동안 말없이 각자의 담배를 피웠다.

"아아……."

갑자기 명은이 가슴 아래를 부여잡았고 얼마 피우지 못한 담배를 바닥에 비벼 껐다.

"많이 아프냐?"

대답이 없자 다시 한참을 침묵하던 명주가 다시 물었다.

"넌 내가 그렇게 싫으냐?"

"……."

"네 말대로 난 사생아 낳아서 싫다 치고, 이모는 왜 싫은 건데?"

"그냥 싫어. 가족도 아니면서 간섭은 젤 많이 하고, 냄새도 싫고. 초등학교 때 엄마 대신 일일 선생님으로 왔었는데…… 그날 정말 죽고 싶었어. 게다가 툭하면 헌옷 리폼 해서 줬잖아. 초등학교 입학식 때도.”

“난 이모가 만든 옷 예쁘던데. 냄새야 뭐…….”

잠시 멈칫하던 명주가 트렁크를 뒤져 사진을 한 장 꺼내 명은에게 내밀었다. 혜숙, 현식, 명주가 계곡에서 찍은 사 진이었다.

“네 아빠야…….”

사진을 받아든 명은이 어이없는 얼굴로 명주를 노려보 았다.

“야, 너…… 이거, 왜 지금까지 안 보여줬어?”

“보여주려고 했어…… 그니깐 가져왔지.”

“근데, 왜 이제야 보여 주냐고!”

“기회가 없었던 거지…….”

“술 안 마시면 기회 많았거든.”

“또 시작이네.”

그때 요란한 경적과 함께 견인차가 도착했다.

간호사가 명은의 이마에 난 상처에 드레싱을 하는 동안 에도 명은은 회사일로 전화를 붙들고 있다.

"시안 작업 빨리 들어가야 할 것 같아서요. 그때 이 대리
랑 잠깐 얘기했던 컨셉으로 부탁했어요. 과장님께서 물어
보시면 전화로 논의해서 정했다고 얘기해 줘요. 네, 괜찮
아요. 모레는 출근할 수 있어요…… 네, 부탁드려요."

얼굴을 잔뜩 찡그린 명주가 명은에게 다가왔다.

"갈비뼈에 금 갔다네. 너무 아프면 진통제 먹고 안정이
최선이래."

"얼마나 있어야 되는데?"

"보통 3준데, 상태 보면서 퇴원해도 된대. 근데 당분간은
꼼짝 말고 누워만 있으래."

"미치겠군."

"담배도 피지 말래. 뼈 안 붙는대."

"이게, 그러니깐, 어떻게 된 상황이지? 갈비뼈에 금이 갔
다, 꼼짝 말고 누워 있어라…… 오히려 잘 된 건가? 아빠를
찾으러 안 가고 병원에 누워 있다가 집으로 돌아간다? 하,
그건 또 아닌데…… 오명주! 정신 차리자! 용기를 갖고 애
기해야 돼. 합! 합! 아-씨, 이모는 왜 나한테 이런 시련을 주
는 거야."

모두가 잠든 깊은 밤, 병원 복도에서 명주가 왔다 갔다 하며 혼자 중얼거리고 있었다. 그때 명주의 전화기가 울렸다.

“이모도 양반은 아니네. 응, 이모. …… 뭐?”

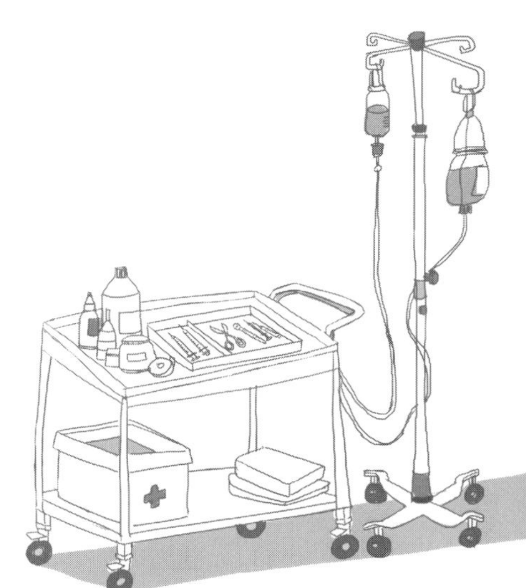

막 비가 그친 처마에서 빗물이 똑똑 떨어졌다. 빗물이 고여 있는 바닥에 떨어지는 피. 놀란 바람잡이 카우보이의 얼굴. 금방이라도 울 것 같은 승아의 얼굴. 승아의 손에서 명주의 생선 칼이 떨어졌다. 뒷걸음질 치면서 승아가 외쳤다.

"떠나세요, 제발…… 더 이상 놀림 받는 거 싫다고요!"

머리를 무릎 사이에 파묻은 승아가 모래사장에 쪼그려 앉아 있다. 바닷물이 승아의 운동화를 적셨다. 작은 나무 작대기로 모래를 파고 있는 승아 옆으로 어느새 다가온 현

아가 말없이 승아의 등을
쓸어주었다. 그러다가 승아
가 파 놓은 구덩이를 모래로
메웠다. 두 사람은 한참을 그렇게
앉아 있었다.
　"아빠는 내가 밉겠지……."
　"아니, 아빠 자신이 미울 거야."
　승아가 자신이 파 놓은 구덩이를 뚫어지게 쳐다보았다.
바닷물이 밀려와 모래 구덩이를 조금씩 메웠다.

명주가 창가에 서서 손으로 연기를 치워대며 담배를 피우고 있다. 환자복을 입은 명은은 침상 위에 앉아 있다. 승아의 얘기를 들은 후 두 사람은 한동안 아무 말도 하지 못했다. 하지만 뭔가 말을 하지 않으면 안 될 것 같은 기분이었다.

"잘했어."

결국 명주가 먼저 입을 열었다.

"그런 말이 나오니?"

"그 인간은 딸내미한테 그런 꼴 좀 당해봐야 돼."

"아빠 아니라며?"

"암튼, 승아 다친 데 없으면 됐어."

"맘 다친 건 다친 거 아냐?"

"그거야 뭐, 이모가 위로해주겠지."

"네가 위로해줘. 네가 미안하다고 하라고."

"그 인간이 미안하다고 해야지, 왜 내가 해. 자기가 난 자식 안 거둬서 그런 꼴 당한 거 아냐."

명은이 갑자기 침상에서 내려와 병실을 나갔다.

"어디 가?"

명주가 의아한 얼굴로 보다가 담배를 끄고 명은을 뒤쫓았다.

명주와 명은이 정원으로 꾸며진 병원 옥상의 구석 벤치에 앉아 있다. 명은이 소주병 뚜껑에 소주를 따라 병에 건배하고 원 샷하는 모습을 명주가 기가 막히다는 듯 쳐다보고 있다.

"그렇게 먹어서 취하겠냐?"

"세월이 좀 먹니."

그리고 또 한잔.

"난 안 줘?"

"네 술은 네가 사 마셔."

"휴-"

명주가 졌다는 듯이 한숨을 내쉬었다.

"아주 어렸을 때, 아빠가 돌아가셔서 나한테 아빠는 그냥 없는 거였어. 누가 대신 채워주는 게 아니라…… 그래서 승아를 혼자 낳았을 때도 뭐…… 그럴 수 있다고 생각했고. 승아도 아빠라는 존재는 그냥 없다고 여길 거라고 생각했어."

"애들한테 놀림 받는 건 어떡하고?"

"그건 걔네들이 나쁜 거고."

"누구랑 똑같은 말하네."

"누구?"

"이모."

명은이 다시 소주병 뚜껑의 소주를 원 샷으로 털어 넣고는 주머니에서 계곡 사진을 꺼냈다.

"이 인간 때문에 내가 애들하고 싸워서 울 때도 이모가 그런 말을 했어."

사진을 들여다보는 명은을 한참 쳐다보다가 명주가 한숨을 길게 한 번 쉬고는 일어서서 옥상 난간 앞으로 갔다.

“어느 날, 엄마랑 아주 큰 배가 서 있는 부두에 나갔어.”

뱃고동 소리가 울리는 제주 부두. 사람들이 일본으로 떠나는 여객선에 오르고 있다. 현식 아저씨가 거기 있었다.

줄을 서서 기다리는 현식이 두리번거리며 배웅 나온 사람들 틈에서 명주네를 찾는다. 그러다가 트랩을 오르기 직전 혜숙과 명주가 배웅하는 사람들 사이를 비집고 다가오는 것을 본다.

“아저씨!”

명주가 먼저 소리친다.

“명주야!”

“아저씨, 배 타고 어디 가?”

“으응.”

엄마가 옆에서 설명해준다.

“아저씨 수술허러 멀리 갔당 와사 돼.”

명주의 표정이 부루퉁해진다

“그럼, 이제 안 와?”

"아니, 다 낫고 다시 올 거야."

그제야 아이의 표정이 밝아진다.

"알았어. 빨리 와야 돼."

현식은 어린 명주에게 웃으며 고개를 끄덕거리고 혜숙의 손을 잡는다.

"나 걱정 말앙 몸 나시믄 혼저 오라이."

씩씩한 혜숙과는 달리 현식의 눈자위가 붉게 번진다.

"근데, 무슨 수술이야?"

두 사람은 대답이 없다.

"그리고 아저씨가 너한테 편지를 보냈어."

명은이 환자복 주머니에서 편지를 꺼냈다.

"그 편지, 원래는 두 장이었어. 아저씨가 떠나고 한참 후에야 난 네가 그 아저씨 딸이라는 사실을 알게 됐고⋯⋯ 너도 엄마도 다 싫었어."

명주가 어렵게 말을 이어갔다.

"그래서 옥탑방에서 혼자 죽치곤 했지. 그러다, 그 편지

를 발견했어. 한 장은 엄마한테, 나머지 한 장은 너한테 보
내는 편지였어. 아빠가 딸에게 보내는 다정한 편지…… 곧
만날 수 있을 거라는. 아저씨가 돌아오면…… 난 뭐지.”

작은 쪽창으로 노을이 비쳐드는 방 안. 먼지 쌓인 물건들
너머, 쪽창 근처에서 입에 담배를 물고 앉아 있는 열일곱
먹은 명주가 편지를 읽고 있다. 창 안으로 바람이 들어와
명주의 담뱃재가 날린다. 명주의 얼굴에 순간, 복잡한 감
정이 스친다. 라이터로 읽던 편지에 불을 붙이자 편지는
순식간에 타 들어간다. 명주는 거의 다 탄 편지를 창밖으
로 던진다. 바닥에는 편지 봉투와 또 다른 편지 한 장이 놓
여있다. 편지는 색이 많이 바래고 잉크가 번져 얼룩덜룩하
다. ‘누나를 좋아하는 현식’ 이라는 글이 보인다.

명은이 말없이 명주를 쳐다보았다. 그 눈길에 명주는 마

음 한 구석이 쑤시듯 아팠다.

"네가, 그 편지를 읽는 게 싫었어…… 미안하다."

명은은 말없이 편지 봉투에서 편지를 꺼냈다. 편지의 오른쪽 위에 '1' 이라고 페이지 번호가 적혀있다. 하릴없이 편지를 뒤집어 보다 낮은 목소리로 편지를 읽었다.

'…… 누나의 용기와 사랑에 저는 감동할 뿐이에요. 저 같은 게 감히 가질 수 없는 소중한 것을 주셨어요. 누나 덕분에 수술도 잘 되었고 자신감도 생겼어요……'

"무슨 수술?"

거기까지 읽던 명은이 갑자기 고개를 들어 명주에게 물었다.

"으응? 그, 글쎄."

"곧 만날 수 있다고?"

"응. 늘 너를 지켜보고 있을 거라고……."

"그럼, 그동안 거짓말을 했던 거네. 그렇지? 거짓말쟁이."

명은이 조용히 편지를 찢었다. 명주가 말릴 새도 없이 주머니에서 꺼낸 사진도 기어이 찢어버렸다. 조각조각 난 편지와 사진이 바닥에 떨어졌다.

2인용 입원실이지만 옆 침상은 계속 비어있다. 병원 창문으로 전주의 야경이 보였고, 야경 속에는 환자용 침대에 앉아 있는 명은과 의자에 앉아 있는 취한 명주가 있었다. 평소의 도도함은 온데간데 없이 도수 높은 안경을 쓴 명은이 벽에 머리를 기대고 술에 취해 주절거리고 있었다. 명주는 의자에 앉아 침대 위에 조각난 편지를 놓고 테이프로 하나하나 붙이고 있다. 사진은 다 붙였는데 편지는 내용을 외우고 있는 것도 아니어서 붙이기가 여간 힘든 게 아니었다. 명주는 간간이 고개를 들어 목을 한 번씩 돌리고는 다시 종이와 씨름을 했다.

"내가 왜 지금 그 작자를 찾느냐면, 복수하려는 거거든. 열일곱 살 때 엄마한테서 살아있다는 말 처음 듣고, 그땐 그것으로 충분했어. 제발 오래 살아라, 내가 널 만나러 갈 때까지 살아라. 지금이 아니라, 성인이 돼서 당당한 모습으로 널 만나주마. 네가 버린 자식이 바로, 여기, 박명은이다…… 하지만 널 결코 아빠라고 부르지 않을 거다……."

명은이 꼬인 혀로 술병을 노려보며 말했다.

"넌 왜 그렇게 속이 꼬였냐?"

"그래, 나 속 꼬였다. 어쩔래?"

"이것아, 우리에겐 용서와 화해라는 게 있어."

"용서와 화해 좋아하네. 왜 그걸 내가 해야 되는데?"

"왜 네가 하면 안 되는데?"

"싫어. 그냥."

"너만 아픈 거 아냐, 이년아. 세상에 웃으면서 자식 버리는 부모는 없어."

"웃으면서 버리지 않아도 버릴 수밖에 없는 상황을 만든 것만으로도 용서가 안 돼, 알아? 왜, 왜 박명은이 그런 애가 되어야 되는데? 응? 오명주! 네가 승아를 그렇게 만든 것도 너는 승아한테 용서를 빌어야 돼. 알겠어? 승아가 무슨 죄야. 어린 게 부모 잘못 만나 고생이지⋯⋯."

한참을 주절거리던 명은이 조용해졌나 싶더니 어느새 벽에 기댄 채 낮게 코를 골며 자고 있다. 명주는 명은을 조용히 침대 위에 눕히고 안경을 벗겨 침대 위에 놓았다. 그리고 명은과 대작하던 술병을 들어 술이 남아있는 걸 보고 명은처럼 뚜껑에 따라 술병에 건배하고 원샷했다.

"부모 잘 못 만난 죄? 그딴 거 없어. 그냥 사는 거야. 승아도, 너도, 나도."

창밖으로 보이는 야경이 명주의 얼굴에 환한 빛을 반사했다.

"그래! 다들 잘 살고 있다."

“이모?”

“응.”

“승아는?”

“자고 있어.”

“승아, 괜찮아?”

“응. 넌? 명은이랑 잘 지내고 있어?”

전화를 받는 현아의 곁에선 헝겊 인형을 안고 승아가 자고 있다. 옷걸이에 수선이 다 끝난 초록색 원피스가 이제 외출 준비를 마쳤다는 듯 다소곳이 걸려 있다.

“저기, 이모······.”

“응?”

“명은이, 아빠 찾는다고 여행 온 거야.”

“뭐?”

“내가 잘 얘기해 볼게······.”

“명주야······.”

“걱정 말고 있어. 잘 될 거야.”

힘없이 전화를 끊은 현아가 침대 옆에 있는 혜숙의 사진
을 쳐다보았다.

“언니······.”

올 것이 오고야 말았다. 하지만 그걸 명주가 맡아서 해야
한다니 안쓰러웠다. 하지만 언제까지고 숨길 수만은 없는
일이었다.

동물원

입원실 침대에서 명은이 헝클어진 모습으로 자고 있다.
잠을 설친 명주는 일찍 일어나 왔다 갔다 하다가 데스크로
갔다.

"저, 아침 식사는 어디에서?"

"병실에 계시면 갖다드릴 거예요. 다 드시고 식판은 복
도에 있는 카트에 꽂아 놓으시면 돼요."

분주하게 차트를 챙기며 간호사가 대답했다.

"네, 저기, 여기서 덕진동이 가까워요?"

"덕진동요? 가깝죠. 동물원 있는 데가 덕진동이잖아요."

“네.”

병실로 돌아오니 어느새 일어난 명은이 가방 안에서 젖은 옷들을 꺼내 냄새를 맡아보며 얼굴을 찌푸리고 있다.

“뭐 하냐?”

“나가야지. 내일 출근해야 돼.”

“갈비뼈는?”

“서울 가서 치료하면 돼. 옷 남는 거 있냐?”

“어? 어.”

명주가 트렁크에서 니트 하나를 꺼내 명은에게 건넸다. 명은이 평소 입던 스타일이 아니었지만 별 불평 없이 옷을 받았다.

“그럼 갈까?”

명주가 말했다.

택시가 서고 앞좌석에서 명주가 내렸다. 뒷좌석 문을 열고 트렁크를 꺼내든 명주가 명은의 숄더백까지 멨다. 명은이 어이없다는 표정을 지으며 택시에서 내렸다.

“왜 여기로 오는데?”

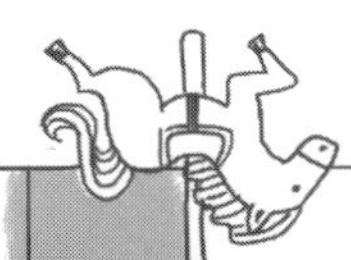

“여기, 놀이기구도 있대.”

앞장서서 걷는 명주를 명은은 황당한 표정으로 바라보다 하는 수 없이 뒤따라 걸었다. 저 멀리 회전목마가 보였다.

“나 시간 없어. 오늘 서울 가야한다니까.”

“명은아, 우리 엄마, 참 무뚝뚝했어. 그치? 화도 많이 내고, 욕도 많이 하고. 야, 이 씨발년아! 미친년, 염병하네…… 난 엄마 대신 가끔 이모가 학교 오면 너무 좋았다. 이모는 화도 안 내고 욕도 안 했잖아.”

“난 둘 다 안 왔으면 했는데.”

“하여튼 까다로워.”

“야아- 나 지금 이럴 때 아니라고.”

“난 또, 이모가 만든 옷 참 좋더라. 특이하잖아, 예쁘고. 또, 그 좀약 냄새가 비린내를 없애주는 것 같아서 더 좋아했지.”

“어우, 내가 제일 싫어하는 냄새.”

“그것도 적응하기 나름인데. 너 이모가 만든 옷 한 번도 안 입어 봤냐?”

“응.”

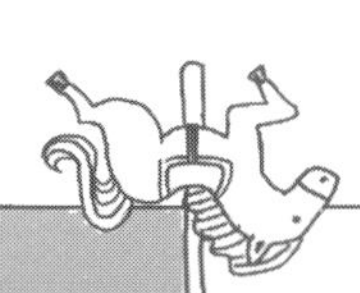

"그거."

명주가 명은이 입은 윗옷을 가리켰다.

"이모가 손뜨개로 만든 거야."

"그래? 예쁘네……."

그리고 명주가 걸음을 멈췄다. 명은이 명주를 돌아봤다.

"명은아, 네 아빠…… 돌아왔어."

1985년 여름

정방폭포가 보이는 노천 횟집에 앉아 있는 혜숙은 서른셋, 현아는 스물여덟이다. 일본에서 온 현아는 이제 한 가족이다. 현아가 혜숙에게 뮤직 박스를 건넨다. 일본에서 가져온 선물이다. 열 살 먹은 명주와 세 살 밖에 안 된 어린 명은이 고무통 안의 해산물을 구경하고 있다. 명주가 혜숙과 현아 옆으로 가서 접시 위의 산낙지를 젓가락으로 콕콕 찌른다. 산낙지가 움찔거린다.

"명주야, 산낙지 먹어볼래?"

현아가 묻자 명주가 고개를 끄덕인다. 현아가 젓가락으

로 산낙지를 집어 초고추장에 찍는다. 그리고 명주의 입에 "산낙지!"하며 넣어주고는 코를 찡긋한다. 산낙지를 쏙 받아먹고는 현아를 보며 산낙지를 씹고 있는 어린 명주의 표정이 복잡하다. 현아가 소주잔을 내민다.

"소화되게 이거 좀 마셔."

명주는 혜숙의 눈치를 살짝 보고 소주를 조금 마신다. 그리곤 다시 현아를 바라본다. 어느새 명은도 어린 명주 옆에 와서 보고 있다.

"또 줘?"

명주가 끄덕인다. 현아가 산낙지를 또 하나 집어서 명주의 입에 넣어주고 명은의 입에도 산낙지를 갖다 댄다. 하지만 어린 명은은 찡그리며 고개를 젓는다.

"명주야, 명은아! 만나서 반가워. 현아 이모야."

"엄마, 근데…… 현식이 아저씨랑 닮지 않았어?"

명주가 말했다.

"명주야, 아저씨 이제 안 와."

혜숙이 명주를 보며 무표정하게 말한다. 현아가 웃으며 명주에게 손을 내밀고 말한다.

"현아 이모야."

폭포에서 세차게 떨어지는 물줄기에 아이들은 현기증이
나는 것만 같다.

명은은 발아래의 땅이 아득하게 멀어지는 것만 같았다. 현기증이 났다. 오랜 시간 품어왔던 의혹들이 한꺼번에 소리를 지르며 가면을 벗고 있었다. 눈앞에서 홍겹게 돌아가던 회전목마가 점점 느려지더니 공중으로 붕 떠올랐다. 회전목마에 탄 사람들은 여전히 즐거운 표정으로 소리 없는 웃음을 웃고 있었다.

명은이 눈을 감았다. 여전히 아무 소리도 들리지 않았다. 다시 눈을 떴을 때 회전목마 위에는 현식이 앉아있었다. 그리고 한 바퀴를 다시 돌자 회전목마 위에는 현아 이

모가 앉아있다. 어느새 회전목마는 온통 현아 이모로 가득
차 있었다. 풍선을 든 아이가 명주와 명은의 앞으로 뛰어
갔다.

소박한 중국집에서 승아와 바람잡이 카우보이, 현아가 앉아 자장면을 먹고 있다. 모자와 가면을 벗은 카우보이는 앳된 얼굴이었다. 세 사람 다 말없이 그릇에 얼굴을 박고 자장면을 먹었다. 카우보이가 소스까지 후루룩 다 마시자 승아가 카우보이의 빈 그릇을 보고 망설이다 자장면이 남은 자기 그릇을 내밀었다.

"무사, 맛없어?"

"아뇨, 아니, 네. 아니, 맛있는데…… 아니, 맛없어요."

"어서 드세요."

현아가 거들자 카우보이는 수줍게 승아의 그릇을 받아
한 입 크게 먹고는 입에 소스를 잔뜩 묻히고 어색하게 웃
었다. 승아도 어색하게 웃어보였다. 그러자 카우보이가 갑
자기 생각난 듯 윗옷 주머니에서 손바닥만 한 비닐 봉투를
꺼냈다. 그 안에 든 조잡한 자신의 명함을 현아에게 건네
고는 같이 들어있던 사탕을 승아 앞으로 스윽 내밀었다.

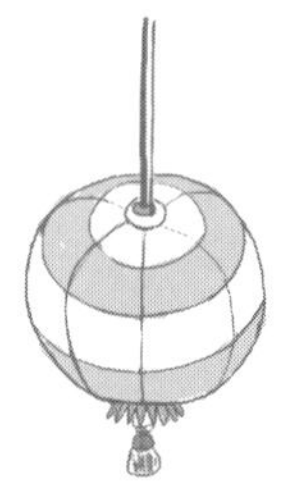

계속 정신없이 걷고 있는 명은의 뒤에서 명주가 거리를 유지하며 쫓고 있다. 도무지 정신이 있기는 한 건지 명주는 걱정이 태산 같았다. 어느덧 둘은 전주 역 앞까지 다다랐다. 지친 명은이 역 건물 기둥에 기대 서 있다가 힘겹게 몸을 일으켜 티켓발매기로 다가갔다. 티켓발매기에서 '서울행' 이라고 쓰인 화면을 누르려하자 명주가 얼른 달려와 명은의 손을 잡았다.

"서울로 도망가면 문제가 해결 되나?"

"해결 안 해도 돼."

“이제까지는 이모가 꼴 보기 싫었고, 지금부터는 아빠가
꼴 보기 싫어서 담 쌓고 살려고?”

“아빠는 무슨 아빠야! 아빠도 아니고 이모도 아냐. 차라
리 모르는 게 나았어! 넌 다 알았으면서 왜 따라온 거야? 나
바보 만드니까 재밌니? 좋아 죽겠어? 나쁜 년!”

명은은 더 싸울 기운도 없다는 듯 매표소로 들어가 버렸
다. 잠시 주춤했던 명주가 다시 명은을 따라 매표소로 들
어갔다. 매표소 의자에서 고개 숙이고 앉아 있는 동생의
모습을 보고 명주는 그만 가슴이 먹먹해 왔다. 그때 명은
의 휴대전화가 경쾌하게 울렸다. 하지만 명은은 미동이 없
다. 잠시 후 또 다시 전화가 울렸다. 끊어지고 다시 울리고,
끊어지고 다시 울리고. 명은이 신경질적으로 주머니에서
휴대전화를 꺼냈다.

“무슨 얘기든 듣고 싶지 않아!”

“박 대리? 나 과장인데.”

“아, 과장님. 전 다른 사람인 줄 알고……”

“일을 그런 식으로 해서 되겠어?”

“무슨 말씀이신지……”

“지금 시안 작업 하고 있는 컨셉, 이 대리랑 논의한 거야?”

“논의했는데요.”

“이 대리는 안 했다던데.”

“다시 할게요.”

“뭘 다시 해? 됐어. 이 대리가 새로 낸 컨셉으로 진행하기로 했으니깐 그런 줄 알아. 그리고, 도대체 며칠을 쉬는 거야? 어머니 장례식 한 거 맞아?”

“과장님께선 부모님 가짜로 죽여서 휴가 받으세요?”

“뭐? 이 사람이…….”

“밑에 사람이라고 말 함부로 하지 마세요.”

“당장 올라와서 시말서 써!”

“시말서건, 사직서건 쓰면 될 거 아냐! 그 따위 회사 안 다니면 그만이야!”

명은이 전화를 끊고 휴대전화를 의자 손잡이에 여러 번 힘껏 내동댕이쳤다. 박살난 휴대전화를 들고 있는 명은의 손이 벌겋다.

“누가 그랬어?”

안경알이 깨지고 얼굴에 멍이 든 채 울면서 학교에서 돌아온 명은이 때문에 마당에서 빨래를 널던 현아가 새파랗게 질려서 묻는다.

“누가 그랬냐고, 명은아!”

“…….”

“누구야? 가자. 너 이렇게 만든 애들한테 가.”

현아가 명은의 손을 잡자 명은이 손을 뺀다.

“나, 사생아 맞잖아.”

“뭐?”

현아가 꺼지듯 주저앉는다.

“걔네들, 나쁜 애들이구나.”

명은이 울먹인다.

“맞는데 뭐…….”

“아냐, 그런 거 아냐. 명은아, 그렇지 않아…….”

명은이 울고 있다. 전주역 의자에 앉아서 저 차가운 계집 애가 울고 있다. 명주는 어찌할 바를 몰라서 차마 달래지 도 못하고 엉거주춤 눈치만 보고 서 있다. 무릎 위에 혜숙 의 가계부 노트를 펼쳐 놓고 주먹으로 노트를 치며 울고 있는 명은의 모습이 현아의 우는 모습과 닮았다.

초등학교 입학 선물로 만든 옷을 어린 명은의 몸에 대 보 는 현아, 명은이네 반의 일일 선생님으로 한껏 멋을 내고 교탁 앞에 선 현아, 입원실에서 부러움 가득한 눈으로 승 아를 바라보고 명주의 머리를 쓸어 넘겨주는 현아, 혜숙에 게 대든 명은을 집 앞에서 붙잡았던 현아, 혜숙의 유품을 태우며 울던 현아…… 그건 숨은 그림 찾기였다. 답은 항 상 곁에 있었다.

명주가 가만히 명은의 곁으로 와 앉았다.

"일찍 얘기하지 못한 거 미안해. 나한테는 이모가 네 아 빠가 아니라, 그냥 이모였어."

"내가 남이야? 내가 등신이야? 왜 나만 모르고 있어야 했 는데? 왜? 엄마도, 이모도 다 바보야…… 흑흑."

명주가 명은의 등을 어루만졌다. 지금 동생은 그냥 작고 여린 여자 아이였다. 명주의 입에서 짧은 한숨이 새 나왔다. 자신이 머리가 나빠 그렇지 좀 더 부드럽게 넘어갈 수 있는 방법이 있었을지도 모른다는 생각이 들었다. 하지만 현실이란 게, 분명 순간순간의 얄팍한 잔꾀로 모면할 수 있는 것은 아닐 터였다. 살려면, 이 세상에서 살려면 반드시 부딪쳐야 하는 일도 있을 것이었다. 지금이 바로 그랬다.

수선가게 안에서 현아가 옷을 갈아입고 있다. 혜숙의 초록색 원피스였다. 옷을 다 갈아입은 현아는 원피스를 소중히 매만지며 의자에 다소곳이 앉았다. 거울 속에 비친 자신의 모습을 보며 웃어본다.

무언가 실수가 있어서 잘못 태어났고 그걸 스스로의 힘으로 바로잡았다. 그 때문에 상처받은 명은에게는 미안한 일이지만 자신에게는 이것이 자연스러운 일이었음을, 죽지 않고 살기 위한 유일한 방법이었음을 진작 얘기하지 못한 것이 후회스러울 뿐이었다.

새장 속의 십자매가 파닥 날개를 펼쳤다.

배는 다시 섬으로 향하고 있었다. 결국 명은은 서울로 가
지 않았다. 난간에 기대어 바다를 보던 명은이 가방에서
혜숙의 노트를 꺼내 명주에게 건넸다.

"선물."

노트를 넘겨보며 명주가 피식 웃었다.

"의외로 섬세하다니까."

명주가 벤치 옆에 놓인 여행용 가방을 열어 노트를 넣고
오르골을 꺼내 명은에게 건넸다.

"나도 선물."

뮤직 박스의 뚜껑을 여니 안에는 테이프로 조각조각 붙인 계곡 사진이 들어 있다. 드보르작의 '신세계 교향곡' 2악장 라르고가 둔탁하게 흘러나왔다. 사진을 꺼내든 명은이 한참을 쳐다보다가 바다에 던졌다. 음악소리가 바람에 묻혀 희미하게 떨리고 있었다.

"너 집에서 밥은 해 먹냐?"

"가끔."

"생선 좀 보내주리?"

"그래."

"생선 구울 때 자꾸 뒤집는 거 아니다. 한쪽이 다 익을 때까지 기다려야 되는 거야."

자매 너머 제주도의 모습이 보였다.

현아는 출구로 나오는 승객들 사이로 명주와 명은의 모습을 언뜻 보았다. 명은이 잔뜩 긴장된 모습으로 두리번거

렸다. 초록색 원피스를 입은 현아도 왔다 갔다 하며 잠시도 가만히 있지 못했다. 아주 잠깐 명주를 돌아보는 명은의 얼굴이 상기되어 있었다. 명주는 씨익 웃으며 고개를 끄덕여 주었다. 현아가 출구로 밀려 나오는 사람들을 하나하나 빠르게 훑었다. 저기, 상기된 표정의 명은의 모습이 보였다. 현아의 몸도 눈동자도 한곳에 못 박힌 듯 움직이지 않았다. '정신 차려!' 누군가 일깨우듯 현아의 몸을 치고 지나갔다. 드디어 명은의 시선도 한곳에 못 박혔다. 명은과 현아가 서로를 향해 천천히 걸음을 옮기고 있었다. 어디선가 바람에 흔들리는 풍경소리가 들렸다.

 # 1985년 늦여름

에메랄드 빛 바다와 하얀 백사장. 피서 시즌이 지난 바닷가는 한산한 풍경이다. 세 살 난 명은과 열 살 난 명주가 털썩 주저앉아 모래성을 쌓고 있다. 그 옆에 앉아 아이들이 노는 것을 현아와 혜숙이 보고 있다.

"명은이…… 나 안 닮아서 다행이야."

"섭섭하지 않아?"

"아-니."

"나중에, 명은이가 알게 되믄 널 뭐랜 부르카?"

"엄마라고 부르면 좋겠다……."

“그거 괜찮다야. 명은아, 명은아!”

현아가 깜짝 놀라며 혜숙을 제지한다. 아이들이 무슨 일인가 하는 표정으로 둘을 바라보다 다시 모래성 쌓기에 열중한다. 민망한 듯 혜숙이 괜한 헛기침을 하다 현아의 발을 본다.

“현아야, 너 평발이니?”

“응.”

“몰랐네, 나도 평발인데.”

둘은 서로를 마주 보며 환하게 웃는다. 그런 현아와 혜숙을 바라보는 명주도 기분이 좋다. 큰 파도가 밀려와 아이들의 모래성을 무너뜨리고 현아와 혜숙의 옷을 적신다. 아이들이 까르르, 자지러질 듯 웃는다. 신나게 물장난을 하는 네 여자의 머리 위로 아직은 따가운 늦여름의 햇살이 내리쬐고 있었다.

〈끝〉

우리는, 좀 더 많은 것을 껴안을 필요가 있을 것이다.

서른 중반에야 처음으로 두 살 위인 언니와 함께 여행하며 문득 깨달았다. '자매'가 아니었다면 나는 그녀와 굳이 알고 지내지 않았을 거라는 사실을. 그리고 나는 그녀를 정말 모르고 있다는 사실을.

늘 마주치지만 이해하기도 싫고, 이해받기도 원하지 않는 가족, 그리고 그들의 비밀…….

어차피 그 테두리 안에서 살 거라면 마음을 주고받을 기회를 마련해보는 것도 좋을 텐데. 그게 악다구니로 돌아오거나 서로의 마음을 할퀴는 결과를 낳더라도 말이다. 타인과는 주먹다짐 끝에 허허 웃으며 부둥켜안기도 하는데 가족끼리 못 할 것이 뭐 있겠는가.

아버지도 다르고 성격도, 사회적 지위도 다른 자매, 명주와 명은이 함께 여행을 한다. 자랑스럽지 않은 가족사 혹은 정상 가족의 테두리 밖, 그 어딘가를 여행하는 자매는 내내 불안한 소통과 침묵을 이어가지만 그 여행이 다름 아닌 자신의 심연을 향하고 있다는 것을 깨달을 때 그녀들은 더 이상 자기 안에서 침묵할 수만은 없다.

우리는, 좀 더 많은 것을 껴안을 필요가 있을 것이다.

영화 속 자매의 여정을 따라 촬영 팀은 두 달간 제주, 목포, 전주를 돌며 촬영했다. 돌아보면 모든 것이 추억이 되기도 하지만, 이 촬영의 여정은 나에게 특별하지 않을 수 없는 경험이었다.

가장 하고 싶었던 로드 무비였고, 늘 봐 오던 언니와 가족에게서 모티브를 얻었고, 무엇보다 제주는 내가 유년시절과 학창시절을 보낸, 내 몸과 마음을 도닥여준 고향이었다.

오랜 방황 끝에 돌아온 탕자를 감싸 안는 부모처럼, 제주의 변덕스러운 날씨도 이때만큼은 고요했고 그 천혜의 자연은 나의, 우리의 마음을 부드럽게 위무해 주었다.

겉으론 낭만적으로 보일지 몰라도 영화 현장은 늘 크고 작은 문제들이 넘쳐나고 대화의 불통과 불만과 불안으로 힘겨운 법. 그러나 영화를 찍는 동안 나는 재능 있고 다정한, 아름다운 사람들과 매일 마주치며 마치 기분 좋은 여행을 하고 있는 것 같았다. 오히려 촬영을 마치고 집으로 돌아왔을 때 가족 안에서의 '나'라는 존재(아내, 엄마)에 적응하지 못해 한동안 몸살을 앓을 지경이었다.

효진과 민아는 이 작은 영화에 선뜻 적은 개런티로 출연을 결심해 주었고, 게다가 민아는 출연료의 일부를 제작비로 돌려주었다. 첫 영화를 찍는 애송이 감독을 더 없는 성실함과 신뢰로 자극했던 두 친구는 이제껏 보여주지 않았던 새로운 모습들로 나를 놀라게 하였다. 가장 많은 촬영이 이루어졌던 제주의 명주가 사는 집은 찌는 듯한 여름을 내내 제주의 태양 아래서 보낸 헌팅 담당 스탭과 제주영상위원회의 노고의 결과이다. 집 앞에는 바다가 있고, 작고 소박한 아름드리 정원이 있고, 담쟁이 넝쿨이

집 담벼락을 휘감고 있는 귀엽고 어여쁜 집이 시나리오에서 막 빠져나온 듯, 제주도 북제주군 동귀리, 그 곳에 있었다.

가장 비전문적이고 재능이 없었던 이는 감독이었다. 내게 영화를 만들 호사스런 기회를 준 배우들, 스탭들, 가족들, 공동육아 성미산어린이집 교사, 아마들, 친구들에게 진심을 담아 감사 인사를 전한다. 천천히 배꼽 인사.

2009. 3.
부지영

지금, 이대로가 좋아요